KB021096

에세이 글쓰기 수업

에세이 글쓰기 수업

essay

이지니 지음

글쓰기 동기부여, 이론 및 실습을
한 권에 담았다

세나북스

수업을 시작하기 전에 학우님를 알고 싶어요.

비록 '서면 만남'이지만 서로를 알게 되면

좀 더 편한 글쓰기 시간이 되지 않을까요?

학우님 이름 : ______________________________

글쓰기 수업에 참여하게 된 이유(간략하게) :

____

____

____

예전의 내 꿈이나 목표 :

____

____

____

현재의 내 꿈이나 목표

(아직 모르겠으면 비워도 좋아요) :

____

____

____

차례

1. 에세이 글쓰기 준비운동

2. 에세이 글쓰기 이론 및 실습

3장. 에세이 글쓰기 실전

수업 시작 전에

세상에서 두 번째로 재밌는
에세이 글쓰기 수업에 오신 걸 환영합니다!

안녕하세요!

이렇게 지면으로 인사드리다니…. 새롭네요! (좋다는 뜻입니다) 제게는 특별한 이력이 있어요. 아시는 분은 알지만, 바로! KBS 공채 20기 개그맨 시험 응시자! 라는 겁니다. 네, 맞아요. 실제로 방송국에서 심사위원들을 웃겼습니다. 간지럼 태워도 웃음 한 방울 나오지 않을 것 같은 근엄한 표정의 그분들을 웃기긴 했으나 탈락했네요. 탈락했지만 슬프지 않아요. 아쉽지도 않고요. 전 국민을 상대로 웃음을 주진 못했지만, 만 4년째 우리 에세이 글쓰기 학우님들을 상대로 재미있고 유익한 시간을 만들어드리기 위해 노력하니까요. (아, 좀 멋진데?)

소개를 제대로 할게요. 저는 8년 차 작가(2024년 2월 현재 집필 기준)고요, 지금껏 3권의 전자책과 6권의 종이책을 썼어요. 이 책이 10번째가 되겠네요. 책을 쓰는 저자의 길을 한 번도 꿈꾼 적이 없던 저로서는, 한 권 한 권 책이 늘어날 때마다 입이 쩍쩍 벌어집니다. 내가 언제 열 권이나 썼나, 놀라워서요. 게다가 많은 분 앞에 서서 '에세이 글쓰기'에 관한 이야기를 전하는 것 역시 '루저'인 과거를 떠올리면, 이건 뭐 기적이지요. 너무 겸손하다고요? 아니요! 오히려 순화한 겁니다. 반에서 있는 듯 없는 듯 쥐 죽은 듯 조용한 아이, 소위 '빠른 생'인데다가 몸까지 작고 왜소해 늘 주눅이 든 채로 학교에 가던 아이가 저였으니까요. 학창 시절 그림자조차 눈에 띄지 않던 아이가 십수 년 후에 수백 명 앞에 서서 자신이 가진 경험과 지식을 전하게 될 줄 누가 알았을까요.

사람 인생 아무도 모른다는 말을 실감합니다!

첫 책을 낸 것이 2017년 3월이었습니다. 네 권의 책을 내고 작가로 활동하다가 2020년 6월, 인천에 있는 신석도서관에서 처음으로 글쓰기 수업 제안을 받았습니다. 처음에는 '내가 과연 수업을 진행할 수 있을까?', '조금 더 준비된 후에 해야 하지 않나?'라는 부정의 생각이 들어왔어요. 하지만 용기를 내서 하기로 결심하고

2020년 8월에 첫 강의를 하게 되었습니다. 당시 글쓰기 강사로서는 이렇다 할 이력이 없는 채, 바로 이 바닥에 뛰어들게 되었던 것입니다.

그런데 여러분, 이 말 아세요? 당신이 '그 일'에 관해 10%만 알고 있어도 지금 당장 시작해도 좋다는 말이요.

'그래! 도서관 강의를 시작할 때인가 봐!'

'내가 할 수 있는 일이니까 제안이 왔겠지!'

결국, 생각의 한 끗 차이로 수업 제안을 수락했어요. 이후 수업 제안이 꼬리에 꼬리를 물었고, 5년 차가 된 지금까지 이어지고 있습니다. (참 감사하죠) 수업을 진행하는 일은 책을 기획하고 글을 쓰는 것과는 또 다른 매력을 지녔더라고요. 내가 공부해서 얻은 지식과 그동안 쌓인 경험을 전하는 일이라는 공통점이 있지만, '글'과 '말'이라는 아주 큰 차이가 있죠. 책을 출간하면 북 콘서트나 북토크 같은 행사를 하지 않는 한 독자님을 만날 수 없잖아요. 그런데 강의는 비대면(줌 강의)이든 대면이든 학우님들과 만날 수 있다는 게 글쓰기와는 다른 매력으로 다가왔습니다. 무엇보다 활기찬 제 성격이 책에는 덜 드러나는데, 수업 때는 제 개성을 마음껏 발휘(?)할 수 있는 점이 좋더라고요.

"파이팅 넘치는 수업 방식이 마음에 쏙 들어요!"

"열정이 가득한 작가님의 수업이 정말 좋습니다!"

"잠든 제 꿈을 깨워주셔서 진심으로 감사드려요."

"이번에 지역 공모전에 응시했는데 작가님이 알려주신 대로 글을 썼더니 수상했어요!"

"글을 좀 더 쉽게 잘 쓸 수 있는 팁을 전수해 주셔서 고맙습니다."

"읽기 쉬운 글의 비법을 알게 돼서 영광입니다."

"그동안 모은 글을 출판사에 투고했는데 계약하기로 했습니다. 작가님 덕분이에요!"

"매번 브런치스토리(이하 '브런치') 작가 응모에 떨어졌는데, 주신 팁으로 수정했더니 한 번에 붙었어요!"

학우님들의 수업 소감을 공개한 이유는 제 자랑(이 아니라고는 말씀을 못 드리지만)이 아니라, 지금 함께하시는 『에세이 글쓰기 수업』으로 쓰기 스킬은 물론 동기부여까지 마구마구 얻어가시길 바라기 때문이에요. 더 나아가 여러분 안에 있는 꿈과 목표가 깨어난다면, 더 바랄 나위 없을 것 같아요.

이 글이 실제 강의가 아니라서 제 목소리를 직접 들을 순 없겠지만, 조금이나마 수업 느낌을 드리고 싶어서 글의 어투도 '말글'입니다. 제가 하는 말을 100%는 못 담아도, 어느 정도 이야기하듯 썼으니 목차 하나하나가 후루룩 넘어갈 거예요! 단, 아무래도 '에세이 글쓰기 실용서'이다 보니, 매 회차 강의가 끝날 때마다 직접 글을 쓸 수 있도록 만들었습니다. 강의를 듣기만 해서는 수업 내용을 온전히 내 것으로 만들 수 없으니까요. 아, 그리고! 호응은 기본입니다! 호응해 주셔야 저도 힘이 나서 추후 더 알찬 내용을 드릴 수 있어요. (여기서 호응이란 책 리뷰입니다. 하하.)

무엇보다 수업 내용 중 단 하나라도 자신의 것으로 '실행하기!' 잊지 마세요. 아무리 베테랑, 명인의 강의를 들었다고 해도 본인 스스로 움직이지 않으면 아무런 소용이 없는 것처럼, 제가 침 팍팍 튀기며, 귀가 빨개지도록 열정을 토해내도, 10년 이상 글을 쓰면서 얻은 깨알 팁을 전수해 드려도, 한 귀로 듣고 한 귀로만 흘린다면, 이처럼 안타까운 일은 없을 거예요. 저 역시 여러분이 "에세이 쓰기는 정말 재밌네!"라고 말할 수 있게 동기를 팍팍 부여해 드릴 것을 약속합니다. 세상에서 가장 재밌는 수업이라고는 말씀 못 드려도, 두 번째로 재밌다고는 말씀드릴 수 있어요. 제가 직접 경험하고, 깨닫고, 읽고, 느낀 부분을 하나하나 쉽게 정리하려 했으니, 예쁘게 봐주시면 감사하겠습니다. 앞으로도 학우님들의 에세이 글쓰기에 도움이 될 만한 내용을 하나라도 더 싣고자 노력할 게요. 함께 파이팅!

그럼, 수업 시작합니다.

1

에세이 글쓰기 준비운동

사람들은 동기부여는 오래가지 않는다고 말한다.

목욕도 마찬가지다.

그래서 매일 하라고 하는 것이다.

- 지그 지글러 -

1강

글을 쓰고 싶은 '진짜 이유'가 뭔가요?

학우님, 글을 쓰려는 이유가 뭔가요?

"글을 쓰려는데 꼭 이유가 필요한가요?"라는 말은 이 시간엔 접어두기로 해요. "쓰는 행위 자체가 좋아서요."라는 대답도 좋아요. 글을 잘 쓰는 방법을 배우는 것도 중요하지만, 그전에 내가 왜 글을 쓰고 싶은지, 어떠한 이유 때문인지 한 번쯤은 깊이 생각하고, 고민하는 시간을 가지면 좋겠습니다. 먼저 소설 『1984』로 유명한 저자 조지 오웰은 자신이 쓴 글쓰기 책 『나는 왜 쓰는가』에서 사람들이 글을 쓰려는 이유를 네 가지로 말했습니다.

첫째, 자신의 존재를 드러내기 위해서라고요. 대부분 공감하죠? 혼자 보는 '일기'가 아닌 이상 내 글은 어딘가에 노출되죠. 그 말인즉, 글쓴이 자신의 존재가 밖으로 드러날 수밖에 없습니다. 나를 세상에 알리는 것만큼 짜릿한 일도 없겠죠. 물론 정반대로 자기 머리카락 하나라도 세상에 알려지게 됨을 지극히 꺼리는 사람도 있겠지만요. 만약 학우님이 후자라면, 이제는 열린 마음을 장착해 주세요. 글쓰기는 글뿐만 아니라 쓰는 사람도 함께 드러날 수밖에 없거든요. 글이 곧 '나'이기 때문이죠.

두 번째, 멋진 문장을 쓰고 싶은 미학적 열정 때문이래요. 이 말도 동의하죠? 글을 잘 쓰고 싶어서 이 수업에도 참여하는 거니까요. 멋지고 예쁜 문장, 이왕이면 '읽는 사람이 필사하고 싶은 글귀'가 '내가 쓴 글'이면 좋겠지요.

세 번째는요? 역사적 진실을 파헤치려는 역사적 충동이래요. 마지막은? 정치적 목적이랍니다. 세 번째와 네 번째 이유는 크게 와닿지는 않을 거예요. 그렇다면 좀 더 현실로 들어가 보겠습니다. 아래 이유 중 학우님은 어디에 속하는지, 어떤 이유로 글을 쓰려는지 한번 생각해 보세요.

나 혹은 타인의 치유를 위해

'치유'라는 키워드를 앞세운 글쓰기 수업을 종종 봅니다. 글로 마음이 치유된 경험을 주변 지인에게 듣거나 책에서 읽어봤나요? 저 역시 실제로 경험했고, 수업을 진행하면서도 아주 많이 들었어요. 마음 아픈 일, 누군가에게 서운한 일, 상처를 받은 일, 용서할 수 없을 것 같던 대상 등 글을 쓰기 전에는 그 일(혹은 사람)을 떠올리기만 해도 두 팔에 소름이 돋을 만큼 기분이 안 좋았는데, 글로 토해내니 신기하게 '별일인 줄 알았는데 내가 생각한 만큼의 별일은 아니구나'를 경험하죠. 신기하지 않나요? 내 상황과 처지는 변한 게 하나 없는데, 그저 글로 활자화했을 뿐인데, 마치 어깨에 있던 무거운 돌덩어리를 내려놓은 것처럼 마음이 편안해진다는 게…. 글쓰기의 강력한 힘 중 하나가 바로 '치유'이기 때문인가 봅니다. 저는 몹시 화가 났을 때야말로 스마트폰 메모 앱을 열고 글을 써요. 너무 화가 나는데, 어디에 털어놓을 수는 없고…. 털어놓는다고 해서 해결될 일도 아니고…. 메모 앱에 사정없이 쏟아내면 속이 조금은 후련하더라고요.

선한 영향력을 위해

"내가 무슨 공인도 아닌데 선한 영향력이라니요?"

라고 생각하나요? 선한 영향력이라는 단어가 꼭 연예인이나 스포츠 스타, 정치인 등 유명인에게만 어울릴까요? 노우! 우리 모두에게 해당하는 말입니다. 혹시 블로그나 인스타그램, 브런치 등을 운영하나요? 블로그 이웃이 100명이 안 된다고요? 인스타그램 팔로워가 고작 50명이라고요? 학우님! 내 글을 마주하는 이가 1명이든 100명이든 1,000명이든 그건 중요하지 않아요. '타인'이 내 글을 보고 있다는 사실은 변함이 없으니까요. 말인즉, 학우님은 이미 누군가에게 '영향력을 행사'하고 있습니다. 내 글이 단 한 명한테라도 전해질 테고, 읽는 사람 마음속에 침투될 테니 신중히 써야겠죠. 여기서 말하는 '신중히'란, 되도록 긍정적인, 희망적인, 힘이 되는 글을 말합니다. 비록 내 상황이 힘들지라도 다시 일어서는 메시지요.

"아니, 어떻게 매일 긍정적인 글만 씁니까?"

"기분 좋은 글만 쓰라고 한다면, '진짜 나'를 숨기란 말인가요?"

"사람이 1년 365일 내내 행복할 수는 없잖아요!"

워워워, 흥분을 가라앉히고 제 말을 끝까지 들어주세요. 한국말은 뭐다? 끝까지 듣는다! 긍정적인 글을 써라, 라는 말에 오해가 없어야 합니다. 긍정 글귀, 힘이 나는 메시지, 희망의 메시지를 '되도록'이면 쓰길 바란다는 거예요. 만약 어떤 책의 처음부터 끝까지가 부정, 비난, 험담, 신세 한탄 등의 이야기로만 가득 찼다고 생각해 보세요. 학우님이 독자라면 돈 주고 읽고 싶나요? 아니, 도서관에서 무료로 읽었다고 한들, 다 읽기도 전에 기분이 어떨까요? 때로는 부정의 글이 마음 다스리기에 도움이 될 때가 있습니다. '나만 힘든 줄 알았는데, 사람 사는 게 다 같구나….' 하며 위로가 되기도 해요. 알죠! 저도 가끔 엄마들이 모인 '맘 카페'에 갑니다. 거기에 '부부 클리닉'이라는 카테고리가 있어요. 글 하나하나가 소위 '막장' 드라마 저리 가라입니다. 좋은 이야기도 있지만, 그렇지 않은 게 훨씬 많아요. 부정의 글을 처음 접했을 땐 '저렇게 힘들게 사는 가족도 있는데, 우리 집은 정말 행복한 거네.'라는 감사한 마음이 컸어요. 그런데 하루 이틀을 지나 일주일 내내 안 좋은 사건으로 둘러싸인 글을 읽으니 저도 모르게 마음이 시커멓게 변하더라고요.

내가 당장 화가 나서, 우울해서, 힘들어서 그 상태 그대로를 글로 뱉어도 됩니다. 당연히 써도 돼요. 무조건 써야 합니다. 그런데 말이죠. 내가 가진 글쓰기 창고(블로그나 인스타그램 등)에 매일 올리는 글 모두가 어둠으로 뒤덮이진 않았으면 해요. 굳이 비율로 따지면, 10편 중 7~8편 정도는 긍정으로 마무리했으면 좋겠어요. 사람은 신기하게도 긍정보다 부정 쪽으로 더 빠르게 흡수된대요. 긍정적인 사람보다 매사에 부정적인 사람을 곁에 두면 그 사람을 닮아갈 확률이 높아진답니다. 무섭지 않나요? 학우님은 누군가에게 긍정을 주는 사람이 되고 싶은가요, 아니면 그 반대의 사람이 되고 싶은가요? 그래요. 다 떠나서 나를 위해서라도 긍정을 노력하는 게 좋습니다. 나를 위해서!

'나'를 브랜딩 하기 위해

저는요, 2016년 가을에 처음으로 글을 써서 책을 내고 싶다는 마음을 먹었습니다. 당시 모은 돈 전부를 털어 '책 쓰기' 센터에 들이부었죠. 센터에는 같은 기수 10명이 있었어요. 오롯이 글만 써서 책을 내겠다는 사람은 저를 포함해서 3명뿐이었습니다. 그럼, 나머지는? 네, 본업을 가진 상태에서 책이라는 도구로 자신(의 일)을 알리려는 사람들이었어요. 신선한 충격이었습니다. 경찰관, 의사, 프로게이머, 제빵사 등 직업군도 다양했지요. 그중 한 명이 기억에 남네요. 병원 상담사였는데, 책을 쓰고 싶은 이유가 자신의 사업이 더 잘 되길 바라서래요. 결국, 글을 써서 책을 출간했죠. 이 상담사는 책 출간 후 어떻게 됐을까요? 네, 학우님이 생각하는 그대로입니다. 책 출간으로 강연이나 컨설팅 요청이 많아졌고 사업까지 알려지면서 하루에 서너 시간을 자기도 힘들 만큼 바빠졌다고 합니다.

흘러가는 시간, 소중한 순간을 오래 기억하기 위해

에세이 글쓰기 수업을 진행하면서 학우님들이 가장 많이 택한 이유였어요. 아무래도 대다수 학우님이 자녀가 있거나 혹은 하던 일에서 은퇴했기에 자기 자녀나 손자들에게 줄 선물로 '글'을 택하는 것 같습니다. 실제로 육아하면서 아이가 하는 말을 기록하는 사람이 많아요. 육아가 아무리 힘들다고 해도 시간은 흐르고, 또 그 흐름 속에 언제 이렇게 컸나 싶을 정도로 이 말 저 말 능수능란하게 잘하는 내 딸, 아들을 보면서 흐뭇해하죠. 아이가 하는 말을 듣노라면, "세상에, 어떻게 이런 말을 하지? 혹시, 천재 아니야?"라며 무릎을 칠 때가 종종 있다고 합니다. (저도 그래요. 후후) 그때마다 놀라지만 마시고, 기록해 보세요. 신기하고 놀랍다며 "역시, 나를 닮아 똑똑하구나."라며 자화자찬할 시간에, 지금 아이가 한 놀라운 행동 혹은 말을 기록해 뒀다가 기록(글)이 어느 정도 쌓이면 책으로 엮는 건 어때요? 꼭 유통하지 않아도 기념으로 한두 권 인쇄해서 아이에게 줘도 좋잖아요. 저도 그렇게 하려고요. 훗날 아이에게 더없이 좋은 선물이 되겠죠?

모르는 걸 알기 위해

글을 직접 쓰기 전에는 내가 어떤 사람인지 알 수 없다. 특정 주제에 대해 글을 쓰다 보면 내가 정말 아는 것이 없다는 깨달음이 온다. 그럼 비로소 공부의 필요성을 느낀다. 책도 찾아 읽고 신문도 꼼꼼히 살피고 다른 사람들 얘기도 듣고 전문가를 만나 질문하게 된다. 비난이나 비판은 누구나 할 수 있다. 하지만 불만으로 가득한 사람에게 불만 관련한 글을 부탁하면 어떤 일이 일어날까? 그중 불만을 조리 있게 설명해 다른 사람을 설득할 수 있는 사람이 몇이나 될까? 난 거의 없을 것으로 예측한다. (중략) 아는 것, 궁금한 것, 공부하고 싶은 것, 불만거리 등이 있는가? 뭔가 자신의 생각을 펼쳐 사회에 선한 영향력을 행사하고 싶은가? 그럼 글을 써라. 글이 여러분도 구원하고 사회도 구원할 것이다.

- 한근태, 『당신이 누구인지 책으로 증명하라!』

어디서 들었는지는 정확히 기억나진 않지만, 이런 이야기가 있어요. 예를 들어서 말할게요. 저는 '심리' 쪽에 관심이 있어요. 기회가 닿는다면 심리학 공부를 하고 싶고요. 그렇다면 제가 대학교 심리학과에 편입해야 할까요? 편입할 수도 있겠지만, 꼭 편입만이 길은 아닙니다. 그럼 어떻게 하죠? 설명 들어갑니다.

내 방 책상 위에 심리학에 관한 책을 최소 30권 이상 둡니다. 도서관에서 빌려도 되고, 구매해도 됩니다. 한 권씩 천천히 들여다보며 메모합니다. 모든 책을 완독할 필요는 없고, 목차에서 자신이 필요로 하는 내용만 봐도 무방합니다. 책의 내용을 메모하면서 내가 직접 겪은 이야기, 신문이나 텔레비전 등 매체를 통해 들은 이야기, 심리를 다룬 영화나 드라마 이야기, 주변 지인이나 강연회에서 들은 이야기 등을 수집합니다. 이렇게 하면 글이 어느 정도 모이겠죠. 모인 글이 A4 용지 70~80장 이상이라면 글을 잘 다듬어서 출판사에 투고합니다. 책 출간을 떠나서, 관심 있는 분야의 책을 30권 이상 읽고 공부했다면, 어디에 가서 이 분야의 '준전문가'라고 말해도 좋다고 해요. 어때요? 공부하고 싶은, 알고 싶은, 궁금한 키워드가 있나요? 그렇다면 위와 같은 방법을 추천합니다.

[실행하기] 학우님! 글을 쓰려는 '진짜 이유'가 뭔가요? 위에서 말한 이유 외에도 다양하게 나오겠죠? 남의 눈치를 볼 필요가 없습니다. 학우님이 느낀 그대로, 생각한 대로 적으면 돼요. 학우님의 이유를 기다릴게요.

* 책에 노트한 내용을 사진 찍어 자신의 SNS에 올린 후, #에세이글쓰기수업 #이지니작가 #1강수업 #책추천 태그하시면 제가 직접 보겠습니다.

2강

글을 써서
바뀌고 싶은 게
있다면요?

'글쓰기' 열풍은 매년 더하면 더하지 식지는 않는 것 같습니다. 블로그나 브런치 같은 글쓰기 플랫폼이 늘어나는 걸 봐도 그렇고, 글쓰기 수업이나 모임이 릴레이처럼 생겨나는 걸 봐도 그렇고, 더 나아가 책 쓰기를 희망하는 사람이 점점 늘고 있는 걸 봐도 그렇고요. 그렇다면 사람들은 왜 글을 쓰려는 걸까요? 꾸준히 글을 쓰면 좋다는데 도대체 어디에 어떻게 좋은 걸까요? 먼저, 한근태 작가님의 책 『당신이 누구인지 책으로 증명하라!』를 보면 목차에서 이 내용을 언급했네요. 함께 보시죠.

2장 / 글을 쓰면 바뀌는 것들

1. 글쓰기 전과 후로 나뉜다
2. 글을 쓰면 팔자가 바뀐다
3. 글을 쓰면 불우해지지 않는다
4. 글을 쓰면 인생이 다듬어진다
5. 글을 쓰면 전문가가 된다
6. 글을 쓰면 늙지 않고 예뻐진다
7. 글을 쓰면 남들과 차별화된다
8. 글을 쓰면 성장하고 생존한다

위의 내용에 100% 동의합니다. 6번만 제외하고요. 글을 쓸수록 내면은 누구보다 예뻐질 수 있겠지만 외면은…. 의술의 힘이 없이는 불가능인 듯합니다. 허허. 여하튼, 아직 글쓰기에 익숙하지 않은 학우님은 '에이, 설마…. 글 쓴다고 저렇게까지 달라지겠어?' 라는 의심의 눈길을 보낼 수도 있겠네요. 이 시점에서 제 이야기를 전할게요. 저야말로 글쓰기 전과 후로 인생이 나뉘거든요. 말 그대로 글쓰기로 팔자가 바뀌었어요.

저는 찐따였습니다. 루저요, 루저. 지난 제 과거를 아는 사람들이 작가 겸 강사가 된 제 모습을 본다면 밥 먹다가 숟가락을 놓칠 거예요, 놀라서…. 보잘것없는, 뭐 하나 내세울 것 하나 없는 찐따가 지금껏 10권의 책을 쓰고, 사람들 앞에서 강의를 진행하다니요. 초, 중, 고등학교 12년 동안 반에서 있는 듯 없는 듯 조용한 아이였습니다. 시험만 봤다 하면 늘 10등 안에 들었고요(뒤에서), 그렇다고 잘 놀지도 못해서 교실 구석에서 잘 노는 친구들의 재롱(노래, 춤)에 조용히 손뼉만 쳤어요. 가수 서태지, H.O.T(자칭 우혁 부인)에 빠져서 학교 수업도 안 가고 콘서트에 참석하느라 수능을 죽 쑤었고 재수까지 했습니다. 심지어 고등학교 2학년 때인가? 수학 문제 4점짜리 2개만 맞아 8점이란 업적을 남겼지요. (여러분, 100점 만점에 8점 맞기, 절대 쉽지 않습니다. 만점 맞기보다 더 어려워요) 사회에 나와서는 끈기 부족, 의지박약 덕분에 한 회사에서 2년 이상을 못 버텼어요. 월급을 받으면 여행하랴 자기계발에 투자하랴…. 저축은 남의 나라 이야기였고요. 이런 제가 누군가에게 경험과 지식을 전하는 작가이자 강사가 됐으니 글쓰기로 제 인생이 180도 바뀌었다고 해도 과하지 않지요? 생각할수록 글쓰기라는 녀석에게 감사하지 않을 수 없습니다.

저는 제 보잘것없는 과거를 사랑합니다. 과거를 내보이는 게 부끄럽긴 해도 지금의 나를 더욱 빛나게 해주니 고마워요. 어릴 때부터 공부도 잘했고, 매사에 꾸준한 열정을 지닌 사람이었다면, 학우님께 동기를 부여해 드리기가 힘들었을 테고요. 가령, 자기계발서를 읽는데 금수저로 태어난 저자가 어떤 실패나 고난 없이 탄탄대로 코스만 밟았다고 하면, 독자는 동기부여는커녕 '그들이 사는 세상'으로만 여기게 되었을 겁니다. 제 이야기로 글쓰기든 뭐든 '내가 하고 싶은 분야'에서 힘을 얻는 분이 계실 거라 믿습니다.

여행과 자기계발에 투자하느라 돈을 모으지 못한 시절에 블로그를 시작했어요. 매일 글을 쓸 마음은 애초에 없었고요. 즐겨 보던 중국 드라마에 나오는 대사 몇 줄을 번역해서 올린 게 다였죠.

드라마를 보고 번역하는 행위 자체가 좋았어요. 하루 이틀 포스팅하는데, 저도 모르는 사이에 이웃이 늘었고, 자연스레 댓글이 많아졌어요.

"한국어 대사가 궁금했는데, 감사합니다!"
"다음 회차도 부탁드려요!"
"번역을 맛깔나게 잘하시네요!"

이러니 제가 블로그를 안 할 수가 있었을까요? 때로는 귀찮기도 했지만, 이웃들의 응원과 칭찬으로 안 할 수가 없겠더라고요. 그러던 어느 날, 문득 '이참에 영상 번역을 제대로 배워 봐?'라는 마음이 생겼고, 그 마음은 즉시 '영상 번역 아카데미 알아보기'라는 실행으로 이어졌죠. 그중 한 곳을 찾아가 등록까지 마쳤고, 영상 번역 세계에 발을 내딛게 됩니다. 열심히 수업에 참여하던 어느 날, 아카데미 대표님이 제게 묻더라고요. "지니 씨, 블로그 보니까 꾸준히 업데이트한 중국어 콘텐츠가 있던데, 전자책으로 출간하는 건 어때요?" 세상에…. 내 인생에 단 한 번도 '책을 내는 작가'는 꿈꿔본 적이 없었는데…. 대표님의 권유로 연달아 세 권의 중국(어) 관련 전자책을 출간했습니다. 그런데 말이죠, 세 권의 전자책을 내면서 본업인 영상 번역보다 책 쓰기가 훨씬 재밌더라고요. 꼬박 10시간 이상 책상 앞에 앉아있어도 행복했어요. 몸은 힘들지만 마음이 행복하니 커피 한 잔 마실 여윳돈이 없을 정도로 재정의 어려움이 있어도 마음은 워런 버핏만큼 부유했어요. 그 후로 2017년, 첫 종이책을 출간했고 벌써 7번째 종이책을 집필하고 있네요.

책을 내니까 다들 어떻게 알았는지, 도서관이나 학교, 기업 등에서 강의 제안이 왔어요. 사실 2017년부터 강의 제안을 받았지만, 사람들 앞에 서서 강의하는 생각만 해도 너무나 부끄럽고 두려워서 거절했지요. 그러다가 '코로나19'가 거세진 2020년 여름부터 '에세이 글쓰기 강사'로서 부캐(부 캐릭터, 副 Character의 줄임말)를 시작합니다. 강의 제안은 꼬리에 꼬리를 물 듯 봇물이 터졌고, 오늘 기준(2024년 3월 25일)으로 지금껏 총 500여 회가 넘는 강의를 진행했습니다. 책 출간이나 강의 진행 등의 눈에 보이는 성과 외에도 자존감, 자신감이 상승했고요! 자기애도 충만합니다.

도서관 강의를 진행하면서 "글을 쓰면 뭐가 좋을까요?"라는 질문을 학우님들께 하는데요, 이렇게 답변한 분이 떠오릅니다. "만나는 사람이 바뀌어요. 글을 쓰기 전에는 타인 험담이나 부정적인 이야기가 오가는 수다로 영양가 없는 삶을 살았다면, 글을 쓰면서부터는 글쓰기 모임이나 독서 모임에 참석하면서 이야기 주제부터 달라졌어요. 삶의 가치관이나 방향이 제자리를 찾아가는 것 같고요. 나를 만나는 이들에게 선한 영향력을 주고 싶은 마음이 들어요."

글쓰기로 병이 치유되기도 합니다. 『첫 문장 쓰기가 어렵다고요?』를 쓴 조현주 작가님은 우울증을 심하게 앓았대요. 힘들다고 그 자리에 주저앉지 않았고, 남의 글이 아닌 자신의 글을 쓰면서 우울증이 치료됐다고 합니다.

> 본격적으로 남의 글이 아닌 나의 글을 쓰면서 우울증이 치료되었다. 본격적으로 책을 쓰기 시작하면서 우울증이 사라진 것 같다. 모든 상황이 내게 의미가 생기고, 나의 시선이 달라지고, 마음이 달라졌기 때문이다. 책을 쓰다 보면 자신이 걸어온 모든 발걸음이 의미 있었다는 생각이 든다. 힘들었던 상황들까지도 말이다. 어떤 상황에서도 자신의 마음을 지키는 법을 배우게 된다.
>
> - 조현주, 『첫 문장 쓰기가 어렵다고요?』

학우님의 삶도 변화되길 원한다면 글을 써 봐요. 하루 이틀 말고 한두 줄이라도 좋으니 꾸준히 말이에요. '지금 당장 이 한두 줄이 내게 무슨 변화를 가져다주겠어?'라는 부정적인 생각은 아무것도 못 하게 만들 뿐입니다.

[실행하기] 글을 써서 바뀌고 싶은 게 있나요? 학우님의 생각을 듣고 싶어요.

* 책에 노트한 내용을 사진 찍어 자신의 SNS에 올린 후, #에세이글쓰기수업 #이지니작가 #2강수업 #책추천 태그하시면 제가 직접 보겠습니다.

3강

'이런 이유'로 글쓰기가 두렵다면 주목하세요!

"글쓰기는 꾸준히 하고 싶은데, 쓰려고 할 때마다 두려운 마음이 생겨요."

이런 마음은 왜 생기는 걸까요? 여러 가지 이유가 있겠지만, 이 시간에는 5가지로 이야기할게요. 혹시! 학우님도 글쓰기에 두려운 마음이 있다면, 몇 번째 이유인지 보세요.

글쓰기 재능이 부족해요

어떤 장르를 막론하고 재능이 있다는 건 축복입니다. 재능이 없는 것보다 이왕이면 재능을 갖고 태어나면 하고자 하는 일에 플러스 요소가 많긴 하죠. 그런데요, 재능 하나만 있다고 해서 능수는 아니에요. 생각해 보세요. A라는 사람이 글쓰기에 탁월한 재능을 지니고 있어요. 그런데 꾸준히 쓰지 않는 거예요. 아니, 쓸 생각도 없어요. 자신의 재능을 내버려 둔 채로 썩히는 겁니다. 반면 재능은 없지만 하루에 한두 줄이라도 꾸준히 쓰려는 B라는 사람이 있어요. 이 둘의 미래가 보이나요? 구구절절 설명하지 않아도 결과를 예측할 수 있겠죠. 글쓰기에 재능이 있으면 좋지만, 재능 하나만 있다고 해서 전부는 아니에요. 재능보다 중요한 건 '꾸준함'이니까요.

단언컨대 세상의 수많은 재능(그리기, 만들기, 요리하기, 조립하기, 운동하기 등) 중에 '글쓰기'만큼 노력만으로 가능한 것도 없지요. 많이 읽고, 많이 쓴 사람이 결국 글을 잘 쓰게 되어 있어요. 글쓰기 실력은 기본적인 팁만 알아도 금방 늘어요. 진부하지만 사실이죠. 여기에 하나만 추가할게요. 읽고, 쓰고, 뭘 한다?

사색하기! 입니다. 글을 잘 쓰려면 꾸준한 읽기와 쓰기는 당연합니다. 거기에 독자의 마음에 깊은 울림을 주는 글 즉, 통찰력이 있는 글을 쓰려면 '깊이 생각하고 이치를 따지는'이라는 뜻을 지닌 '사색'을 해야 해요. 무엇에 대해 깊이 생각하면 내가 쓰는 글의 깊이도 달라질 거예요. 가령, 별것 아닌 듯해 보이는 물건이나 평범한 일상이 특별하게 보이듯이 말이에요. 보이는 대로의 1차원적인 생각만 하고 글을 쓴다면, 사골 육수의 진~한 맛을 글에서 느낄 수 없겠죠. 누구나 할 수 있는 생각이나 마음 상태는, 말마따나 '누구나' 할 수 있으니까요. '타고난 사색가'는 없습니다. 뭐든 다 노력이에요.

제가 좋아하는 K 작가님은 자신에게 100분의 시간이 주어진다면 책 읽기에 30분, 글쓰기에 20분, 나머지 50분은 사색하기에 쏟는다고 합니다. 이 말을 듣고 헉! 했어요. 한 편의 글을 쓰기 위해 나는 얼마의 시간을 사색하기에 투자하나, 싶어서요. 무릎에도 안 닿을 법한 얕은 생각으로 글을 쓴 나 자신이 부끄럽더라고요. 내공이 느껴지는 글은 그냥 나오는 게 아니었어요. 생각 역시 노력입니다. 그러니, 재능이 없다고 한숨 쉬거나 지레 겁먹지 않기로 약속해요! 제 책 『말 안 하면 노는 줄 알아요』에 적힌 구절로 '글쓰기 재능이 부족해요' 부분을 마무리합니다.

> 램프의 요정 지니는 무엇이든 꾸준히 하는 사람에게 기회를 선물한다. 이 글을 쓰는 나도 또 한 번 다짐한다. "재능이 없다고 서러워 말자. 뭐든 꾸준히 한다면 실력은 자동으로 따라올 테니까. 파이팅!"

맞춤법이나 띄어쓰기를 자주 틀려요

"글 쓸 때마다 맞춤법이나 띄어쓰기를 자주 틀려서 스트레스받아요. 쓰기 싫어집니다."

맞춤법과 띄어쓰기 영역은 망망대해와도 같죠. 어느 누가 이 영역을 자신 있다고 말할 수 있을까요? 오죽하면 십수 년째 방영하는 KBS 1TV 〈우리말 겨루기〉라는 프로그램이 있겠어요. 이 프로그램에 출연하려고 1~2년 이상을 공부한다고 하잖아요. 그런데도 스튜디오에 나와서 문제를 풀면 다 맞추지 못하고요. 그만큼 광활한 범주가 바로 맞춤법과 띄어쓰기입니다. 저는 이렇게 해요. 올바른 맞춤법이나 띄어쓰기가 생각나지 않을 때마다 수시로 사전을 들춥니다. 초반에는 매번 사전을 봐야 한다는 생각에 귀찮았어요. 그런데 습관이란 게 무섭더군요. 수십 번 검색하다 보니 어느새 몸에 배어서 하루에 20번, 30번 넘게 사전 앱을 열어 검색해도 전혀 귀찮지가 않더라고요. 가족이나 지인들은 "매번 그렇게 찾는 거, 안 귀찮아?"라고 하는데, 이미 습관이 돼서 몸에 뱄으니 '그때마다 검색 안 하는 게 더 스트레스'더라고요. 자주 틀리는 글자는 노트에 따로 정리해도 좋고요. 학창 시절에 잘 외워지지 않는 영어 단어는 포스트잇에 써서 잘 보이는 데에 붙여두었잖아요. 그렇게 해도 되고요, 저처럼 체화될 때까지 검색해도 좋습니다. 별것 아닌 일에 괜히 스트레스받아서 마음에 병을 들이지 말자고요.

나이가 적어요 / 나이가 많아요

강의할 때 학우님들께 종종 듣는 이야기입니다. 자신의 나이가 어려서 혹은 많아서 글을 쓰기가 꺼려진다는 거예요. 아직 20대밖에 안 된 내 글을 누가 진지하게 읽어주겠느냐, 노인네가 쓴 글을 누가 흥미롭게 읽겠느냐, 라고 하시면서요. 여기에 대한 답변을 김은영 작가님이 미리 해놓으셨네요.

나이가 어리면 또래와 소통할 수 있는 글을 쓰면 됩니다. 또래가 품고 있을 만한 고민이나 공감할 만한 것들을 주제로 자신이 그것들을 어떻게 이겨내고 있는지를 쓰면 되지요. 그리고 또래를 독자층으로 두면 독자들이 무엇을 좋아할지 고민할 필요가 없습니다. '나의 고민'이 '너의 고민'인 경우가 많으니 독자들과 함께 나이를 먹어가며 그 나이대만이 할 수 있는 이야기를 나누는 것만으로도 충분하니까요. 작가가 되기에 너무 나이가 많다고 느낀다면 젊은 친구들에게 멋진 선배가 되어주면 됩니다. (중략) 자신의 나이를 단점이라 생각하지 말고 지금까지 해온 수많은 시행착오와 그 덕에 쌓은 지혜를 젊은 독자들에게 전달해 주는 것입니다. 단, 잔소리 같지 않게요.

- 김은경, 『에세이를 써보고 싶으세요?』

내 글을 오픈하기가 두려워요

"글 쓰는 자체는 괜찮은데, 내 글을 블로그나 인스타그램에 공개하는 건 꺼려져요."

물론 이해합니다. 두려워하지 말고 마음의 문을 열라고 말씀드리고 싶지만 억지로 열 필요는 없습니다. 뭐든 자기의 때(타이밍)가 있는 법이니까요. 특히 자신의 그 글을 공개하지는 않지만, 컴퓨터 '내 문서' 폴더 안에 쓴 글을 차곡차곡 잘 쌓는다면 굳이, 억지로 글을 오픈하라고는 얘기 안 해요. 나만 보는 글을 쓰려는 사람들은 대부분 작심삼일로 끝나는 경우가 대부분이어서, 이놈의 작심삼일을 방지하고자 약간의 강제성이 있는 오픈 글쓰기를 권유하는 겁니다. 그리고 또 글을 공개해야 하는 이유가 있습니다. 은유 작가님이 쓴『글쓰기의 최전선』에 이런 글귀가 있어요.

> 혼자 쓰고 혼자 읽고 혼자 덮는 것은 일기다. 글쓰기가 아니다. 비밀이 한 사람에게라도 발언할 때 생겨나는 것이듯 글쓰기라는 것에는 어차피 '공적' 글쓰기라는 괄호가 쳐 있다. 그래서 글쓰기는 곧 남들에게 보이는 삶, 해석당하는 삶에 대한 두려움을 벗어버리는 일이다.

혼자 쓰고 혼자 읽고 혼자 덮는 건, 글쓰기가 아니래요. 충격인가요? 글쓰기라는 글자 앞에 보이지 않는 두 글자 '공적'이란 말이 크게 와닿았습니다. 결국에는 글이란, 나 혼자만 쓰고 보려는 게 아니라 단 한 사람에게라도 보이게 되는 거란 사실을 알게 되었습니다. 이왕 위 글귀를 만났으니 마음을 열어보는 건 어떨까요?

'그래, 까짓거 내 글을 오픈해 보자!'

[깨알 팁] 처음부터 내 이야기를 오픈하기가 꺼려진다면 책이나 영화를 리뷰하는 건 어때요? 학우님이 읽은 책에서 마음에 닿는 글귀를 적고, 자신의 느낌을 한두 줄 덧붙이는 거죠. 이 정도라면 공적 글쓰기가 큰 부담으로 다가오진 않을 것 같아요.

가족, 지인 이야기라서 그들이 볼지 걱정입니다

네 번째 이유와 비슷할 수 있겠네요. 가족이나 지인들의 이야기를 쓸 건데, 그들이 볼까 봐 글쓰기가 꺼려진다는 분이 생각보다 많더라고요. 아무래도 없는 일이 아닌, 진짜 있었던 일을 쓰는 에세이라서 조심스러워해요. 그 마음, 충분히 이해합니다. 그렇다고 쓰기 자체를 포기하기엔 비겁하죠. 가족이나 지인들이 학우님이 쓴 글을 볼지 두렵다면 굳이 글을 공개하지 않아도 좋습니다. 내 컴퓨터 파일에 차곡차곡 모아도 돼요. 추후 글을 오픈하고 싶을 때 보여줘도 됩니다. 그런데, 아니다! 내 글을 블로그에든 어디든 지금 공개하고 싶다! 라고 한다면, 가공하시면 됩니다. 엥? 가공이라뇨? 소설이 아닌데요? 네, 우리는 지금 소설이 아니라 에세이를 얘기하고 있어요. 에세이도 어느 정도 가공이 필요합니다. 무조건은 아니고 필요에 따라서요. 가족이나 지인들 이야기를 써야 할 때 가공을 택하죠. 그들의 성별, 나이, 직업군 등을 바꾸면 돼요. 어떻게? 나 빼고 아~무도 모르게.

[실행하기] 짧아도 좋으니 글 한 편을 써서 글쓰기 플랫폼(블로그, 인스타그램, 브런치 등)에 올려 보세요!

* 책에 노트한 내용을 사진 찍어 자신의 SNS에 올린 후, #에세이글쓰기수업 #이지니작가 #3강수업 #책추천 태그하시면 제가 직접 보겠습니다.

4강

꾸준히 글 쓰고 싶다면, '이것'을 반드시 하세요!

"메모하세요?"

이런 질문 적잖이 받으셨죠? 그래서 대답은 뭔가요? 꾸준히 쓰는 습관을 기르고 싶다, 글을 잘 쓰고 싶다, 당장은 아니더라도, 훗날 내가 쓴 글을 책으로 엮고 싶다…. 이런 마음이 내 안에 자라는데도 끝까지 '메모' 안 하실 건가요? 이 시간은 "한두 줄의 메모가 글쓰기에 무슨 도움이 됩니까?"라고 하실까 봐 준비했습니다! 더불어, 꾸준히 쓰려면 글쓰기 팁도 중요하지만 동기부여가 먼저 돼야 하잖아요. 하여, 한두 줄 메모의 중요성을 이야기할까 합니다. 자, 시작합니다!

언젠가부터 누군가 제게 "평소에 좋아하는 일이 뭐예요?"라고 물으면 자동 응답기처럼 "영화 감상이요.", "책 읽기요."라고 답했어요. 하지만 가슴에 손을 얹고 솔직한 마음을 들여다보니, 좀 이상하더라고요. '좋아하는'이라면 매일은 아니어도 일주일에 한두 번, 최소 한 달에 한 번은 '그 일'을 실행해야 하잖아요. 그런데 한 달에 영화 한 편은커녕 석 달에 한 편도 안 보기도 했거든요. 그렇다면 독서는요? 한 달에 한 권을 읽으면 다독이었죠.

도서관 글쓰기 수업을 진행할 때마다 학우님들께 듣는 말이 있어요.

"글쓰기를 좋아해요."

"글을 잘 쓰고 싶어요."

학우님도 같은 마음이라면 묻고 싶어요. 글쓰기가 좋다고 했는데, 잘 쓰고 싶다고 했는데, 쓰기에 얼마의 시간을 투자하나요? 매일 한 편은 아니라도, 일주일에 한 편은 쓰나요? 진짜 좋아한다면, 잘하고 싶다면 잦은 행위가 동반돼야 하지 않을까요? 쓰기를 좋아하고 또 잘하고 싶은 저는요, 틈나는 대로 닥치는 대로 끄적입니다. '이렇게 적어대는 게 정상인가? 메모 중독증은 아닌가?'라는 생각이 들 정도로 마구 적어요. 스마트폰 메모장 앱이든 내게 보내는 카카오톡 메시지든 블로그 포스팅이든 인스타그램 피드든 말이죠. "에이, 책 쓰는 작가니까 적는 행위가 당연히 익숙하겠죠!"라고 오해하실까 봐, 한 말씀 더 드릴게요. "노우!"입니다.

쓰기의 시작을 알린 메모하기는 작가가 되기로 마음먹기 훨씬 전부터 시작됐어요. 2011년 11월 5일부터요. 누가 내게 글을 쓰라고, 머릿속에 생각나는 무엇이든 적어보라고 등 떠민 것도 아니거든요? 스마트폰 메모 앱에 한 줄을 적기 시작했더니 한 줄이 두 줄이 되고, 두 줄이 서너 줄 되고, 어느새 A4 용지 1장 분량이 됐어요. 처음부터 쓰는 게 좋아서가 아니라, 뭐라도 좀 꾸준히 하고 싶은 마음에서 한 줄부터 끄적인 것 같아요. 꾸준히 메모해서인지, 처음 글을 쓰는 초고 작업이 그리 어렵지는 않습니다. 며칠 전에 올린 포스팅 댓글에 어떤 분이 "글을 술술 쓴다는 게 어렵지 않다니, 부럽습니다."라고 하셨는데요, 다른 사람들 눈에는 '와! 초고를 10분, 20분 만에 쓰다니….'하며 놀랄 수 있지만, 메모하는 습관 덕분에 쓰기 자체는 어렵지 않아요. 라면 면발이 입속으로 후루룩 들어가듯 초고속으로 써내죠. 학우님도 가능한 이야기입니다. 이미 제 이야기에 공감하는 분도 여럿 계실 테고요.

메모의 시작은 2011년 11월에 쓴 단 한 줄이었습니다.

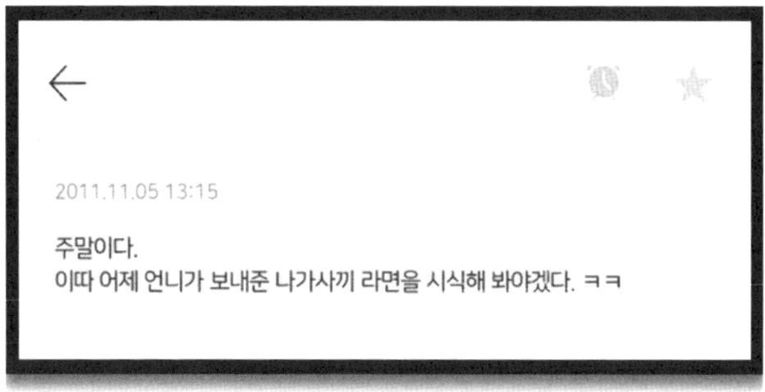

쓰기에 습관을 들이자! 라는 거대한 마음을 먹은 건 아니었지

만, 하루 이틀 메모하다 보니 한 줄이 두 줄이 되고, 두 줄이 서너 줄이 되더라고요. 그렇게 한 메모하기가 벌써 14년 차가 됐고 3천여 개 이상의 메모가 모였습니다. 순간순간 글감이 스칠 때마다 기록하는 건 물론, 한 해의 목표, 버킷리스트, 그때그때의 마음가짐이나 생각 등을 기록합니다.

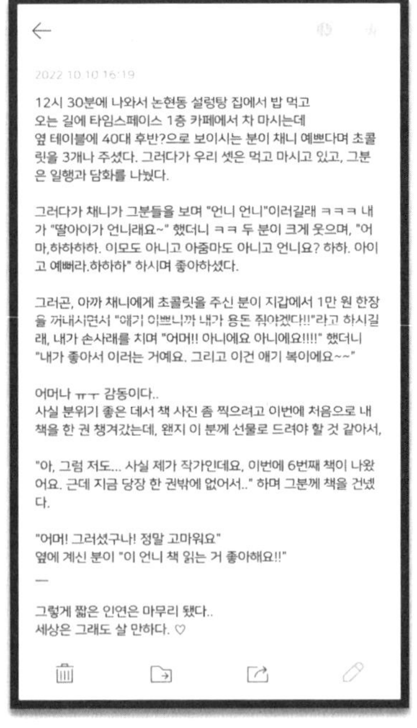

2022.10.10 16:19

12시 30분에 나와서 논현동 설렁탕 집에서 밥 먹고
오는 길에 타임스페이스 1층 카페에서 차 마시는데
옆 테이블에 40대 후반?으로 보이시는 분이 채니 예쁘다며 초콜릿을 3개나 주셨다. 그러다가 우리 셋은 먹고 마시고 있고, 그분은 일행과 담화를 나눴다.

그러다가 채니가 그분들을 보며 "언니 언니"이러길래 ㅋㅋㅋ 내가 "딸아이가 언니래요~" 했더니 ㅋㅋ 두 분이 크게 웃으며, "어마,하하하하. 이모도 아니고 아줌마도 아니고 언니요? 하하. 아이고 예뻐라.하하하" 하시며 좋아하셨다.

그러곤, 아까 채니에게 초콜릿을 주신 분이 지갑에서 1만 원 한장을 꺼내시면서 "애기 이쁘니까 내가 용돈 줘야겠다!!"라고 하시길래, 내가 손사래를 치며 "어머!! 아니에요 아니에요!!!!" 했더니 "내가 좋아서 이러는 거예요. 그리고 이건 애기 복이에요~~"

어머나 ㅠㅜ 감동이다..
사실 분위기 좋은 데서 책 사진 좀 찍으려고 이번에 처음으로 내 책을 한 권 챙겨갔는데, 왠지 이 분께 선물로 드려야 할 것 같아서,

"아, 그럼 저도... 사실 제가 작가인데요, 이번에 6번째 책이 나왔어요. 근데 지금 당장 한 권밖에 없어서.." 하며 그분께 책을 건넸다.

"어머! 그러셨구나! 정말 고마워요"
옆에 계신 분이 "이 언니 책 읽는 거 좋아해요!!"
—

그렇게 짧은 인연은 마무리 됐다..
세상은 그래도 살 만하다. ♡

놓치기 싫은 글감은 그 자리에서 바로 초고를 쓸 때가 있어요. 민낯 그대로의 초고니까 생각나는 대로 빠르게 적지요. 초고 이

야기는 뒤에서 따로 전하겠습니다.

여행 에세이 『끌림』, 『혼자가 혼자에게』 등을 쓴 이병률 작가님은 '메모하는 사람'이라는 말을 듣는다고 해요. 그의 주된 글쓰기 재료는 메모에서 시작된대요. 짧은 순간 보고 느낀 것들을 메모하면 그 몇 줄이 이스트처럼 부풀어서 시나 산문이 된다고 합니다. 글쓰기를 좋아한다면, 꾸준히 글을 쓰고 싶다면, 언제가 될진 몰라도 내 이름으로 책을 내고 싶다면, 별것 아닌 듯해 보이는 메모에 습관을 들이는 건 어떨까요?

느닷없이 떠오르는 생각이 가장 귀중하며
보관해야 할 가치가 있다.
메모하는 습관을 갖자.

- F.베이컨 -

5강

내가 쓰고 싶은 글?
남이 읽고 싶은 글?

독자가 좋아할 만한 글을 쓰라는 얘기, 들어보셨죠? 글을 쓰는 사람에게 매우 중요한 말입니다. 그렇다고 해서 쓰는 사람이 즐겁지 않은데, 잘 알지 못하는데 단지 읽는 사람이 좋아할 만하다고 해서 무작정 쓸 수는 없는 노릇입니다. 특히 글쓰기 초보자들에게 "남들이 좋아할 만한 글을 쓰세요."라고 하면 더욱 곤욕일 테지요. 내가 좋아하고 잘 아는 이야기를 글로 풀기도 쉽지 않다고 느끼고 있을 테니까요. 흰 우유 마시기를 싫어하는 아이에게 억지로 입을 벌려 먹이려 하는 행위와 크게 다를 바 없을 정도로요.

중도에 포기하지 않고 꾸준히 글을 쓰려면 일단 '글을 쓰는 내가' 즐거워야 하고, 나 자신이 관심 있는 주제여야 합니다. 있었던 일의 나열을 넘어, 나만의 시선이 글에 잘 담겨 있다면 독자의 마음을 공감으로 이끌겠죠. 어떤 장르든 마찬가지겠지만 에세이도 예외가 아니에요. 에세이는 일기와는 살짝 다르잖아요. 그저 있었던 일의 나열이 아닌, 일어난 일 안에서 느낀 나만의 생각과 관점을 끄집어내야 하잖아요. 내가 잘 알고 있는 주제를 택해야 자신의 관점을 글에 잘 담을 수 있겠죠.

가령 '부동산'에 문외한인 제가 사람들이 즐겨 읽는다고 해서 관련 글을 쓴다면요? 그 안에 어떤 글을 집어넣을 수 있을까요? 뭐,

매체나 참고 도서로 얻은 지식 정도는 글 안에 넣을 수 있다고 해도, 나만의 독특한 시선이나 생각은요? 옆집 이모가 대신 써줄 수 있나요? 아니죠, 그 누구도 생각과 관점을 대신 말해 줄 순 없습니다. 타인의 생각과 관점을 베껴온다고 해도, 독자는 귀신같이 알아요. '요것 봐라! 누굴 속이려 들어!' 하며 눈을 치켜뜰 거예요. 하나 더 말씀드리면, 내가 좋아하는 주제를 택한 후에 사람들이 이 주제 안에서 궁금해하는 건 무엇일지를 고민해 보면 좋겠어요. 그럼, 내가 좋아하는 주제니까 글쓰기를 끝까지 밀고 나갈 수 있을 것이고, 사람들이 궁금해하거나 호기심을 자극하는 에피소드를 쓴다면 더 많은 이에게 내 글이 읽힐 확률이 높아지겠죠.

학우님! 어떤 내용의 글을 좋아하나요? 쓰고 싶은 주제가 뭔가요? 정해졌다면 밀고 나가세요. 누가 뭐라고 해도 지금 당장 즐거운 마음으로 쓸 수 있는 건 '내가 좋아하는 주제'니까요. 아직 주제를 선정하지 못했다고요? 걱정하지 마세요. 이 수업에서 '나만의 대주제 정하는 법'을 알려드리겠습니다. 끝까지 함께해 주세요!

6강

얼른 잘되고 싶은 생각이 들 때마다

'나와 비슷하게 시작했는데 이미 저 자리에 가 있네.' '지난달에 출간됐는데 벌써 베스트셀러야?' 글쓰기를 업으로 삼은 뒤부터 나와 비교되는 타인의 글에 더욱 눈길이 간다. 머리는 '괜찮아, 옆을 볼 필요는 없어'라며 토닥거리지만, 마음은 바퀴라도 달린 듯 조급해진다. 비교가 최대의 적이라는 말이 맞아떨어지는 순간이다. 다양한 플랫폼으로 글 쓰는 무대가 넓어졌다. 스마트폰이 생기면서 전문가가 아니어도 손쉽게 사진을 찍을 수 있게 된 것처럼 말이다. SNS나 블로그에서 유난히 마음을 두드리는 글귀를 만나면 심장 박동이 빨라진다.

'넌 작가잖아. 적어도 저들보다는 나아야 하는 거 아니야?' 악마의 속삭임으로 한동안 SNS 바닷속을 들여다보지 않았다. 얼마의 시간이 흐르고 나서야 시선을 바로 돌릴 수 있었다. 이 조급함이 우주의 먼지처럼 사소하다는 것을 알아버린 까닭이다. 이제는 겁나지 않는다. 타인의 글을 읽어도 중심은 나를 보고 있으니까. 글쓰기와 관련된 일을 한 지는 15년이 넘었고, 본격적인 작가의 길로 들어선 지는 5년이 됐다. 시작할 때만 해도 책이 나오면 무조건 잘될 줄 알았다. 겉으로 티는 안 냈지만, 마음의 풍선이 공중 위를 떠다니고 있었다. 불행인지 다행인지 어리석은 환상은 오래가지 않았다. 내게 신인의 기적이 오지 않았기 때문이다. 하긴, 나 같은 성향은 처음부터 일이 잘 풀리면 거만함이 하늘을 찌를 게 뻔하다. 그 여파로 차기작은 한 줄도 쓰기 어려웠을지도 모른다.

실제로 첫 작품(책, 앨범, 드라마, 영화 등)이 잘 됐을 때 대중은 엄청난 기대를 안고 차기작을 기다린다. 생각만 해도 부담감이 마음을 짓누른다. 그러니 5년 동안 잠잠한 내 상황에 감사해야 마땅할지도…. 이렇다 할 성공을 거둔 건 아니지만 한 해 한 해 성장하고 있다고 믿는다. 타인과 비교하면 끝도 없고 기분만 처지니 과거의 나하고만 자신을 비교한다. 외국어 회화 실력 향상이 눈에 잘 보이지 않듯, 글의 성장도 이와 같다 여긴다. 본인은 잘 모르지만, 이전에 내가 쓴 글과 요즘에 내가 쓴 글을 잘 아는 사람이라면 단번에 알아차린다. 2016년 가을부터 지금까지 내 글을 읽어본 Y 양이 "너는 잘 모르겠지만, 작년과 180도 달라. 많이 성장했어!"라고 내게 말한 것처럼. 경쟁심을 불러일으키는 '최고야!'라는 말 대신, 과거의 '나'와 비교한 그녀에게 고맙다. 조금씩 성장한 실력이 기회와 타이밍을 만나면 좋은 날이 올 거라 믿는다. 어차피 장기전이니 괜찮다. 조급할 이유는 없다. 억지로 하면 하늘의 계획에 방해만 될 뿐, 순리대로 그렇게.

- 이지니, 『무명작가지만 글쓰기로 먹고삽니다』

갑자기 위 글귀를 왜 띄우냐고요? 먼저, 학우님께 물을게요. 왜 이 수업에 참여하나요? 글을 잘 쓰고 싶다는 이유야 이 수업에 참여한 학우님들의 공통점일 테고, 몇몇 분들은 '글쓰기로 잘 됐으면 좋겠다'라는 목표나 꿈을 가지신 것이 아닌가 싶습니다. 저도 그랬거든요. 물론, 지금도 글쓰기로 잘 되고 싶은 마음은 변함없습니다. 그런데요, 잘되고 싶은 마음을 갖는 건 좋은데 뭐든 과하면 독이 되듯이 욕심이 과하면 되레 글쓰기에 독이 될 수 있다는 사실을 잊어서는 안 될 것 같아요. 특히 자기 기준의 잘된 사람들과 비교하지 않는 거요. 조급한 마음을 누르고 싶을 때마다 위 글귀를 읽곤 하는데, 학우님께도 공유하고 싶어서 띄워봤어요.

2005년, 1년 동안 중국 하얼빈에서 어학연수를 한 적이 있어요. 1년 동안 배운 숱한 문장 중에 19년이 훌쩍 지난 지금까지 잊히지 않는 하나가 있습니다.

"别想一口吃个胖子!"(첫술에 배부를 생각하지 마!)

한입에 많은 양의 음식을 입에 넣으면 탈(뚱보가 된다든지, 배탈이 난다든지)을 면하지 못한다는 의미입니다. 어떤 일을 할 때 잘되고 싶은 마음이 앞서 급하게 다 해보려 한다는 뜻도 있고요. 과정 하나하나에서 얻게 될 기쁨보다 그저 무언가를 빨리 이루고 싶은 마음만 강한 사람에게 경고의 의미로 하는 말이죠.

평생 글을 쓰겠다고 다짐한 2016년 가을, 누구보다 잘 해내고 싶었습니다. 여기서 '잘'이란, 이왕이면 많은 독자가 내 글을 읽어 주길 바람은 물론, 오프라인 서점에서 반짝이는 베스트셀러 네온사인 아래에 내 책이 꼿꼿이 자리하길 소망했습니다. 하지만 그때마다 나를 찾는 소리가 있었어요. 바로 앞에서 언급한 '첫술에 배부를 생각하지 마!'입니다.

'너, 평생 글 쓴다고 다짐하지 않았어? 그러면서 시작부터 무슨 베스트셀러를 바라지? 그래, 첫 책을 출간한 후 이른 시일 안에 많은 독자님이 네 글을 알아봐 준다고 쳐. 그다음은? 네가 말한 대로 오래오래 글을 쓸 수 있을까? 이제 시작하는 발판 위에 섰으면서 베스트셀러 작가라는 타이틀부터 얻으려는 너인데, 베스트셀러 작가가 된들 계속해서 더 나은 글을 쓸 수 있을까? 기억해! 한꺼번에 얻으면 더 많은 걸 잃을 수도 있다는 사실을!'

2017년 봄, 인생의 첫 종이책이 출간된 이후 어느새 7번째 책을 쓰는 8년 차 작가가 됐습니다. 그동안 육신의 나이 말고도 활자로 펼친 생각의 크기도 변했죠. 그토록 바라던 베스트셀러 작가의 꿈도 살포시 내려놓았습니다. 앗! 오해하지 마세요. 꿈을 포기했다는 게 아닙니다. 신이 허락해서 베스트셀러 작가라는 꿈을 현실로 안내해 준다면 감사하겠지만, 영영 '꿈나라'에 있다고 해도 뭐 괜찮다는 뜻이에요. 몸이 허락하는 날까지 글을 쓰고, 강의나 강연으로 내 경험과 지식을 전할 수만 있다면 더할 나위 없거든요. 저기 저 잘나가는 책들보다 글쓰기 기교는 부족해도, 한 해 한 해 꾸준히 읽고 쓸 자신이 있으니까요.

하루에도 수십 번씩 마음의 파도가 일렁이는 인간인지라, '얼른 더 잘되고 싶다!'라는 생각이 마음에 노크도 없이 불쑥 나를 찾습니다. 그때마다 19년 전에 배운 중국어 **'别想一口吃个胖子!**(첫술에 배부를 생각하지 마!)'가 떠올라요. 10년 전, 중국어 번역 일을 손에서 놓으며 자연스레 중국어와 멀어졌는데…. 그럼에도 이럴 때마다 나를 깨우는 문장이 마음에 남아 있어 참 다행입니다.

[실행하기] 이쯤 해서 묻고 싶어요. 학우님을 깨우는 한 문장은 뭔가요?

* 책에 노트한 내용을 사진 찍어 자신의 SNS에 올린 후, #에세이글쓰기수업 #이지니작가 #6강수업 #책추천 태그하시면 제가 직접 보겠습니다.

7강

글이 안 써지는 날에는 이렇게 해 봐요

글이 잘 써지던 날을 기억하나요? 글감이 머릿속에 번뜩 떠오르면서 키보드에 손가락을 올려 빛의 속도로 글을 쓰던 때를요. 그와는 반대로 아무리 머릿속을 굴려도 도무지 무엇을 어떻게 써야 할지 막막할 때가 있죠. 난감한 이 상황, '난 아직도 글을 잘 쓰려면 멀었나 봐.'라며 자책해야 할까요? 아니죠. 한 글자도 나아갈 수 없을지라도 절망하지 마세요! 십수 년 동안 글을 쓰는 사람도 머릿속을 초기화한 것도 아닌데, 지우개로 머릿속을 몽땅 지워낸 것처럼 새하얗게 될 때가 있다잖아요. 그럼, 이렇게 글이 안 써질 때는 어떻게 하면 좋을까요?

책 읽기

지금 읽고 있는 책을 들춥니다. 그러곤 한 챕터를 읽어요. 책을 읽으면, 저자가 하는 이야기에 격하게 공감할 수도, 반대로 다른 생각을 가질 수도 있겠죠. 아래처럼요.

'나도 이런 적 있는데. 저자와 비슷한 상황을 겪어 봐서 잘 알지….'

'이 감정이 뭔지 알겠어. 아, 그때가 생각나네….'

'음, 내 생각은 좀 다른데?'

공감이든 아니든 글을 읽은 후 자신의 이야기를 덧붙이는 거예요. 저자의 생각이 이렇다면, 내 생각은 어떤지를 나만의 글로 표현하는 거예요. 텅 빈 머릿속에 하고 싶은 말이 하나둘 등장할 겁니다. 책을 읽다 보면 책 속 이야기에 온전히 빠지는 때도 있지만 대부분 내 생각도 함께 떠오르기 마련이니까요. 저자의 이야기가 내 생각과 비슷할 수도, 완전히 다를 수도 있으니 거기에서 나온 나만의 생각을 글로 뱉기만 하면 됩니다.

장소 바꾸기

제 글쓰기 장소는 책장과 노트북이 있는 나만의 서재입니다. (며칠 전, 서재에 아가들 물건을 들여놓아서 침대가 놓인 안방구석으로 책상을 옮겼어요) 대부분 글쓰기는 이곳에서 해요. 책을 읽거나, 글을 쓰는 시간은 식구들이 모두 잠든 새벽일 때도 있고, 늦은 밤일 때도 있고, 두 딸이 유치원과 어린이집에 가 있는 동안인 때도 있어요. 물론, 차 안이나 대중교통을 기다리면서, 집 소파에서, 병원에서 대기할 때 등 어디서든 스마트폰 메모 앱을 열고 그때마다 떠오르는 걸 메모하지만, 글다운 글이 나오는 장소는 책상이에요. 이곳에서 글을 쓸 때가 집중이 가장 잘 되기 때문이죠.

그렇다면, 학우님의 '집중이 잘 되는 그곳은 어디인가요?' 누군가는 저처럼 노트북이 놓인 책상일 수도 있고, 또 다른 누군가는 거실이 될 수도 있겠죠. 아, 카페에서 글이 가장 잘 써진다고요? 어디든 좋습니다! 카페 창가 바로 옆자리가 최적의 글쓰기 장소가 될 수도 있죠. 중요한 건, 나와 맞는 장소와 시간을 정해두는 게 좋아요. 그 장소에서만큼은, 그 시간만큼은 누구에게도 방해받지 않을 테니까요. 가끔 이럴 때도 있어요. 한 달 내내 내 방 서재에서 글을 쓰다가 분위기를 전환하고 싶을 때! 가방에 노트북을 넣고, 동네 카페에 가죠. 잔잔하게 흐르는 재즈 음악을 배경 삼아 글을 쓰는 거예요. 가끔의 소소한 일탈이 글감이나 아이디어에 좋은 영향을 줄 수 있다는 것도 잊지 마세요.

[실행하기]

- 지금 읽고 있는 책 혹은 자신이 쓰려는 주제와 관련이 있는 책을 한 챕터 읽고, 나만의 생각을 덧붙여 보세요.

- 나만의 글쓰기 장소는 어디인가요? 이 장소가 특별히 좋은 이유, 글이 좀 더 잘 써지는 이유는 뭐라고 생각해요?

* 책에 노트한 내용을 사진 찍어 자신의 SNS에 올린 후, #에세이글쓰기수업 #이지니작가 #7강수업 #책추천 태그하시면 제가 직접 보겠습니다.

8강

글쓰기를 위해
냉정한 선택을
하셔야 합니다

학우님이 사람 이외에 사랑하는 존재가 있다면 그게 뭔가요? 저는 스마트폰이요. 정말 세상에 없어서는 안 될, 세상에 태어나 줘서 가장 고마운 녀석이죠. 반대로 "왜 태어났니, 왜 태어났니~" 라는 노래를 들려주고 싶을 때도 있지만요…. 여하튼 따지고 보면, 스마트폰은 사랑하는 사람들보다 나와 가장 가까이에, 가장 긴 시간 있잖아요. 갑자기 웬 스마트폰 사랑 타령이냐고요? 아무리 사랑해도 보내줘야 할 땐 보내줘야 한다는 걸 말하고 싶어서요. 글 쓸 때 말이죠.

처음 쓰는 글을 뜻하는 초고를 쓸 때 꼭 해야 하는 일이 있습니다. 뭘까요? 초고를 다 쓰기 전까지 혹은 정돈된 글이 될 때까지 스마트폰을 잠시 쉬게 하는 거예요. 생각해 보세요. 평소처럼 스마트폰을 자신의 분신인 양 끼고 살면 언제 초고를 완성하고 퇴고까지 할까요. 글 한 줄 쓰다가 카카오톡 메시지 확인하고, 글 한 줄 쓰다가 전화 받으면 소는 누가 키우느냔 말이에요.

글쓰기에 앞서 마음 안에 냉정을 택하시길 바라요. 스마트폰은 절대 무음으로 하세요. 초고든 퇴고든 글이 완성될 때까지만 스마트폰에 휴가를 허락하세요. 특히 초고는 속도전입니다. 내용의 흐름, 구성, 맞춤법, 띄어쓰기 등은 일절 신경 쓰지 말고, 맨 마지막 마침표를 향해 앞만 보고 가야 해요. 그러려면 흐름이 끊겨서는 안 됩니다. 초고 쓰는 도중에 스마트폰을 사용하면요, 다시 두 손을 키보드에 올리는 순간 멍~ 해집니다. '어디까지 썼더라', '무슨 내용을 쓰려고 했더라' 하면서요. 공부하거나 중요한 일을 할 때도 마찬가지겠지만, 특히 글쓰기, 특히 초고를 쓸 때는 절대무음! 잊지 마세요. 선택과 몰입만이 자신이 원하는 좋은 글을 만듭니다.

[실행하기] 글쓰기 혹은 해야 할 일을 하기 위해 학우님이 택하는 냉정함은 무엇인가요?

* 책에 노트한 내용을 사진 찍어 자신의 SNS에 올린 후, #에세이글쓰기수업 #이지니작가 #8강수업 #책추천 태그하시면 제가 직접 보겠습니다.

9강

영화, 드라마를 볼 때 이렇게 해 봤나요?

학우님, OTT(Over The Top, 인터넷을 통해 다양한 플랫폼으로 사용자가 원할 때 방송을 보여주는 VOD 서비스. 넷플릭스, 티빙 등이 있음)에서 한국 영화나 한국 드라마를 시청할 때 한국어 자막을 켜나요?

"그걸 질문이라고 해요? 내가 한국 사람인데, 한국어 자막을 뭐하러 켜요?"

워워워, 그만한 이유가 있으니 질문한 거 아니겠습니까.(윙크~) 저는 한국 영화나 드라마를 볼 때도 한국어 자막을 켭니다. 매번 그런 건 아니지만 되도록 묻지도 따지지도 않고 자막을 켜요. 자랑스러운 대한민국 사람인데, 왜 한국어 자막을 켤까요? 아시는 분, 손!

글감을 채취하려고요. 이게 무슨 얘기냐고요? 제 글에는 영화나 드라마 속 대사가 종종 등장합니다. 오락 프로그램에서 누군가가 한 말도 예외는 아니에요. 공감이나 울림이 된 누군가의 대사나 말을 되도록 놓치지 않으려 합니다. 귀한 글감이기 때문이죠. 귀한 글감이랑 한국어 자막이랑 무슨 상관이냐고요? 만약 자막을 켜지 않는다면, 대사나 말이 오직 귀로만 흐르겠죠. 아주 빠르게요. 듣는 순간에는 그저 대사가 좋네, 정도로 그칠지 모르겠습니다. 그런데 자막을 켜면요. 내 귀를 넘어 '눈'으로 활자가 들어오죠. 바로 이겁니다. 자막에서 보이는 활자는 다시 말해 한두 줄의 책 같은 느낌이에요. 글이니까요. 귀를 넘어 눈으로 대사를 본다면 마음에 남을 확률이 높아집니다. 경험상 100%예요.

방법은 이렇습니다. OTT로 원하는 영화나 드라마, 기타 프로그램을 고른 뒤, 한국어 자막을 켜고 일단 봐요. 보다가 기록하고 싶은 대사나 마음에 울림을 주는 대사를 만나면 잠시 '일시 정지' 해서 그 장면이 나오는 시간대를 내 카카오톡 보내기에 표시해 두거나 혹은 어느 장면인지를 기억해 둡니다. 그러곤 이어서 보죠. 영상이 다 끝나면 좀 전에 일시 정지해 둔 데로 돌아가서 자막을 받아 적어요. 마지막에는 블로그에 포스팅합니다. 내가 왜 이 대사에 꽂혔는지, 왜 가장 기억에 남는지, 이렇게 포스팅으로 남길 정도로 좋았던 이유가 뭔지 등을 적지요.

세상에 글감은 무궁무진해요. 아마 글을 쓰려는 사람, 쓰고 싶은 사람, 쓰는 사람들 머릿속에는 셈할 수 없을 정도로 많은 양의 글감이 있을 테죠. 글감이 많은 건 좋지만, 실제 글로 빼지 않으면 아무 소용이 없습니다. 아시죠? 머릿속에만 있는 수백 개의 글감보다, 머릿속에 글감이 딱 2개밖에 떠오르진 않지만, 그중에서 하나라도 글로 써 내려간 게 훨씬 낫다는 얘기죠. OTT로 드라마나 영화, 기타 프로그램을 볼 때 한국어 자막을 켜 보세요. 좋은 글감이 쏟아질 거예요. 그러곤 반드시! 세상으로 꺼내어 주세요. 생각지도 못한 멋진 글이 탄생하게 될 테니까요.

[실행하기] 영화, 드라마, 기타 프로그램 중 보고 싶은 하나를 골라요. (한국어 자막으로 볼 수 있는 OTT로 하시면 좋습니다) 한국어 자막을 켜고 시청하세요. 마음에 와닿는 대사나 말을 받아 적고, 나만의 생각을 덧붙여 보세요.

* 책에 노트한 내용을 사진 찍어 자신의 SNS에 올린 후, #에세이글쓰기수업 #이지니작가 #9강수업 #책추천 태그하시면 제가 직접 보겠습니다.

10강

좋은 글이 절로 나오게 하려면 기억하세요

며칠 전, 인스타그램 피드를 보고 깜짝 놀랐어요. 우연히 본 정사각형 이미지 안에는 차마 입에 담기에도 민망한 욕설이 들어있었기 때문이죠. 방에서 혼자 봤기에 다행이지, 지하철 안이나 사람이 많은 곳에서 봤다면 뒷골이 꽤 무거웠을 거예요. 내가 욕한 것도 아닌데, 그런 글을 보고 있다는 자체만으로 사람들이 나를 글쓴이와 '한통속'으로 여길지 모르니까요.

욕설이 섞인 이 한 문장에는 '좋아요' 수가 수천 개가 넘었고, "진짜 내가 ○○한테 해주고 싶은 말인데, 아오!", "대박! 내 속이 다 시원하네", "그놈이 이 글을 봐야 하는데" 등의 조롱 섞인 댓글이 넘실거렸습니다. 자극적인 문장으로 사람들의 관심을 끄는 데는 성공을 거둔 셈이죠. 그러잖아도 요즘 '어떻게 하면 인스타그램을 자~알~ 운영할 수 있을까', '많은 사람이 필요로 하고, 좋아할 만한 피드는 무얼까' 하며 고민했는데, 아주 잠깐이지만 '나도 저렇게 자극적인 글로 시선을 끌어볼까?'라는 마음이 순간적으로 들더라고요. 이래서 영향력이 무서운가 봐요. 물론 그럴 일은 꿈에도 없지만, 잠시나마 욕설이 섞인 자극적인 글로 시선을 끌어볼 생각을 한 나 자신을 원망하며 고개를 내저었습니다.

욕설이나 타인에게 비난의 화살을 꽂는 글귀를 버젓이 자신의

SNS에 올리는 사람들이 있어요. 그들의 팔로워는 상당히 많습니다. 1만 명은 기본이에요. 좋아요나 댓글도 부러울 만큼 많고요. 하지만 이내 안타까운 마음이 들었습니다. '저 큰 영향력을 왜 선하게 사용하지 않을까' 해서요. 상대의 축 처진 어깨를 들어 올리는 글처럼 선한 영향을 주는 글로도 충분히 시선을 끌 수 있을 텐데요. 네, 압니다. 글 쓰는 사람 자유라는 걸. 하지만 자유라는 두 글자로 그 글을 본 사람들이 받을 영향은 모른 척해도 되나요? 이런 말 있죠. 욕을 하면 욕한 사람의 입만 더러워진다고. 욕한 사람 입만 더러워지면 괜찮게요? 대중교통 안, 공공장소, 길을 걷다 듣는 욕설에 무방비로 노출된 우리 귀는 무슨 죄가 있나요. 마찬가지로 욕설이 섞인, 굉장히 자극적인 글을 쓴다면 쓴 사람의 손은 물론 마음마저 더러워지겠죠. 자의든 타의든 그 글에 역시나 노출된 우리는 또 무슨 죄인지….

찰진 욕설이 난무하는 글처럼 상대를 부정의 늪으로 빠트리는 안 좋은 글을 자주 쓰는 사람들은 이 글을 볼 리가 없겠죠. 무심코라도 보신 학우님만큼은, 우리만큼은 되도록 상대에게 좋은 영향이 흐르는 글을 쓰기로 해요. '좋은'까지 아니어도 괜찮습니다. 대놓고 '욕쓰기' 만이라도 하지 않기로 해요. 자고로 욕이란 듣기도 싫은데 활자로 보기까지 해 봐요. 기분 정말 더럽더라고요. (허허)

매일 SNS 바닷속을 헤엄치는데 자신이 당한 분노나 안 좋은 상황을 여과 없이 내보낸 글을 보면 가슴이 아프다. 물론 글은 솔직해야 옳다. 거짓이라면 적지 않는 게 낫다. 하지만 내가 말하고 싶은 건 진실 혹은 거짓에 관한 이야기가 아니다. 굳이 나의 악한 감정과 차오르는 분노를 노골적으로 드러내야만 하느냐다. 뭐든 정도가 지나치면 독이 된다. (중략) 긍정적인 사람일지라도 부정적인 친구를 곁에 두면 자신마저 어느새 부정으로 물들지 않나. 긍정적인 글보다 부정적인 글이 더 전염이 빠르다. 제아무리 밝은 사람이라도 그런 글을 만나면 표정부터 바뀔 수밖에 없다. (중략) 글을 쓰려는 사람이라면 영혼이 맑았으면 좋겠다. 필력을 높이는 것도 중요하지만, 이전에 자신을 다듬는 시간을 가졌으면 좋겠다. 이미 멋들어진 글을 쓸 수 있는 실력이 있으며 아무도 흉내 낼 수 없는 필력을 소유했다면, 그 재능으로 선한 영향력의 불씨를 밝히면 좋겠다. 분명 많은 이를 살릴 수 있을 테니까.

- 이지니, 『무명작가지만 글쓰기로 먹고삽니다』

성향이나 성격이 애초에 고운 사람, 긍정적인 마음을 지닌 사람은 없다고 생각합니다. 긍정 역시 노력해야 얻을 수 있다고 믿거든요. 긍정적인 사람도 하루하루 자신의 마음 밭에 긍정이라는 씨앗을 뿌리고 노력이라는 마음의 물을 주죠. 부정보다 긍정의 색이 진한 사람이 글을 쓰면 어떨까요? 선한 향기가 은은하게 퍼지는 글을 읽으면, 누구라도 미소가 지어질 것 같지 않나요?

작년 겨울, 서울에 있는 모 대학교에서 제안이 왔어요. 직업, 직무에 관한 인터뷰 촬영이었습니다. 그때 이런 질문을 받았어요.

"어떤 작가가 독자에게 '좋은 작가'로 평가받는다고 생각하나요?"

저는 이렇게 답변했습니다.

"일단 작가는 글을 쓰는 사람이기 때문에 작가 자신의 성격이나 성향이 잘 드러난 문체를 쓴다면 독자님들이 좋아하는 것 같아요. 하지만 독자님들에게 공감을 사고, 깊은 울림과 깨달음을 주는 건 글의 스킬이 아닌, 글에서 뿜어져 나오는 '선함'입니다. 문장력은 좋지만, 삶의 태도가 그저 그런 사람은 독자님들한테 결국 들킬 수밖에 없어요. 누가 읽어도 쉬운 문장의 나열이지만, 솔직하고 진솔한 글, 그 안에서 저자의 맑은 영혼까지 느껴지는 글이라면 누구든 좋아하지 않을까요?"

좋은 글을 쓰고 싶고, 더 나아가 독자에게 좋은 작가로 평가받고 싶다면, 우리의 마음 밭을 점검하는 게 우선이지 않을까, 하는 생각을 오늘도 강하게 해봅니다!

11강

필사로
문장력, 글의 구성,
마음 치료까지 한방에!

글쓰기 실력 향상은 물론, 말도 잘하고 싶은 분들! 이번 시간을 절대 놓치지 마세요. 이것만 잘하셔도 해결입니다.

글쓰기에 도움 되는 방법 중 필사하기, 많이 들어보셨죠? 시중에 나와 있는 수많은 글쓰기 책을 다 조사하진 않았지만, 대부분의 책에 들어있는 내용이 바로 필사하기입니다. 글을 베껴 쓰는 게 글쓰기 실력 향상에 도움이 되니까 다들 책에 싣는 거겠죠? 어떤 도움이 어떻게 되는지 알아야 끈기를 갖고 필사할 테니, 이 시간에 한번 알아보자고요.

몇 년 전, 조성일 님이 쓴 〈글쓰기 충전소〉라는 칼럼에서 필사에 관한 내용을 읽었어요. 간략히 요약하면 이렇습니다.

> 나는 매일 쓸 만한 사설 한 편을 골라 필사했다. 그런데 한 달이 되도록 글 실력이 향상되기는커녕 괜한 시간만 낭비하는 것은 아닌지 하는 회의감이 들었다. 그러다 어느 날 문득 몸이 반응을 보였다. 친구들과 얘기를 나눌 때 나도 모르게 사설이나 칼럼에서 흔하게 사용하는 단어들이 불려 나왔다. 그뿐만 아니라 문장의 패턴이 눈에 들어오고, 글의 구성이 보이기 시작했다. 필사 시작 초반에는 단순히 필사하는 데만 집중했지만, 한 달이 지났을 무렵에는

소리 내어 읽으며 필사했다. 그랬더니? 필사하고 나면 필사한 사설의 내용을 거의 기억할 수 있었다.

일단 여기까지 듣고 어떤 생각이 드나요? 솔직히 저라면요, 한 달 동안 필사했는데도 아웃풋이 없으면 중도에 그만두고 싶을 것 같아요. 그런데 조성일 님은, '이 짓을 왜 해야 하나'라는 회의감마저 들었지만 필사를 놓지 않았죠. 여기서 주목할 점은 한두 달에 결과가 보이지 않는다고 해도 포기하면 된다, 안 된다? 안 된다! 이어서 계속 볼게요.

그러다 나는 사설 말고 다른 글을 필사해보고 싶은 강한 충동을 느꼈다. 그래서 시작한 게 문학작품 필사다. 나는 이후 글쓰기를 제대로 하려는 사람을 만나면 필사를 비밀병기처럼 권유한다. 좋은 문장이나 기억할 만한 문장을 필사하면서 좋은 문장의 구조를 몸으로 익히게 되면 자신도 모르게 글을 쓸 때 활용할 수 있기 때문이다. 결론적으로 내 경험에 의하면 문장력을 향상시키는 데는 필사만한 방법이 없는 것 같다. 필사의 힘을 믿어보자!

이 글을 접하기 전부터 필사의 힘을 알고 있었지만, 조성일 님의 글을 본 이후부터 더욱 필사를 신뢰하게 됐어요. 특히 글이 잘 안 써지는 날에는 더욱 필사에 매진합니다.

저의 첫 필사는 2013년이에요. 당시 강남에 있는 회사에 근무할 때였는데, 30분 일찍 출근해서 자리에 앉아 10분 동안 필사했어요. 『베껴쓰기로 연습하는 글쓰기 책』으로 말이죠. 글을 잘 써야지, 라기보다 필사가 글쓰기에 도움이 된다는 말을 하도 많이 들어서 그저 남들도 하니까 했어요. 하루하루 필사하는데, 기분 탓인지는 몰라도 초고가 막힘없이 써지더라고요. 이게 진정한 아웃풋이 아니라고 해도, 필사하는 행위 자체에 괜한 뿌듯함이 생겼습니다. 한 권을 다 끝낸 후에는 당시 읽고 있던 여행 에세이 책으로 필사했어요. 지금도 물론 필사합니다. 죽을 때까지 글을 쓸 생각이라면 죽을 때까지 필사해야죠! 저는 매일 필사하는 건 아니고 글이 잘 안 써질 때와 책 읽다가 좋은 문장을 발견할 때 정도로만 하고 있어요. 어린 두 딸을 키우며 일도 하는 워킹맘의 핑계입니다. (다행입니다, 핑계 댈 게 있어서….)

술술 읽히는 글을 쓰고 싶다면

제 책 『말 안 하면 노는 줄 알아요』를 필사책으로 추천할게요.

거짓말 안 하고 50번 이상 퇴고(고쳐쓰기)했거든요. 어린아이부터 나이 드신 분, 어느 누가 읽어도 문장 하나하나 술술 읽힐 거예요. 술술 잘 읽히는 글의 비밀은 퇴고에 쓴 엄청난 시간과 에너지라고 생각합니다. 필사 초보자 혹은 쉽게 쓴 글을 쓰고 싶은 분이라면 이 책으로 필사해 보시기를 강력히 추천합니다.

필사 방법은?

"필사가 좋다는 건 아는데요, 키보드로 쳐서 필사하나요? 아니면 손글씨로 필사하나요?"

궁금하시죠? 저도 궁금했어요. 그런데 방식은 자유입니다. 물론 손으로 쓰면 머릿속에 더 오래 남을 수 있겠지만 손은 글씨를 쓰고 있는데, 머릿속은 딴생각으로 가득하다면 소용없겠죠. 그래서! 필사할 때 가장 중요한 건 소리 내 필사하기입니다. 소리를 내면 입 밖으로 글이 나가면서 그 문장이 자신의 귀로 들어가잖아요. 문장 하나하나가 눈을 넘어 입으로 낸 소리가 귓속으로 슝~ 들어가니 기억에 더 오래 남을 수밖에 없겠죠. 독서대에 책을 받치고 한 문장 한 문장씩 소리 내어 읽으며 필사하면 좋겠습니다.

정리하면 다음과 같습니다.

- 한 문장을 소리 내어 읽는다
- 동일 문장을 한 번 더 소리 내며 타이핑하거나 손으로 쓴다

만약 필사할 시간이 없다면 책을 읽을 때 소리 내어 읽어보세요. 필사만큼은 아니지만, 소리 내어 책을 읽는다면 필사의 장점을 어느 정도 가져갈 수 있습니다.

[깨알 팁] 혹시 영화 리뷰를 잘 쓰고 싶은 분 계세요? 영화 잡지나 관련 인터넷 홈페이지를 활용하세요. 마음에 드는 영화 리뷰를 읽고 그 칼럼니스트가 쓴 글만 모아서 필사하는 거예요. 소리 내어 필사하면 영화 리뷰의 구성이나 문장력 등을 배울 수 있죠.

필사할 시간이 없다면? 앞에서 잠시 언급한 대로, 책을 읽을 때 소리 내어 읽어도 좋고요. 아니면 '타이핑 웍스'라는 홈페이지 도움을 받으세요. 하루에 딱 5분만 투자해 보세요. 짧으면 한 줄, 길면 한 문단 정도의 글이 화면에 나옵니다. 원래 필사가 아닌 타이핑 연습용으로 나온 홈페이지예요. 하지만 필사에도 도움이 됩니다. 화면에 나오는 문장이 책 속 글귀거든요. 백문이 불여일견이

니 이 글을 읽고 홈페이지에 접속해 보세요.

필사를 하면 과연, 필력만 자랄까요?

다음은 김애리 작가님의 책『글쓰기가 필요하지 않은 인생은 없다』에 나온 내용입니다.

『오늘, 행복을 쓰다』라는 필사책이 있다. 저자는 5년간 우울증과 공황장애를 심하게 앓고 있었다. 그러던 중 아들러의 책을 만나 자신을 불행하게 만드는 뿌리를 캐내는 작업을 시작한다. 그녀는 아들러 책 14권을 찾아 읽고 좋은 글귀들을 필사하면서 결국 지독한 병을 이겨냈다. 반복해서 쓴 것들은 머리에 외워졌고, 머리에 외워진 것은 가슴에 내려왔으며, 가슴에 내려온 것은 문제 상황에 닥칠 때마다 자연스럽게 적용되었다고 한다. 그렇게 '나'를, 내가 처한 '상황'을, 모든 이들에게 다 있게 마련인 어느 정도의 불행과 아픔을 다스리게 되었단다.

저는 우울증과 공황장애 중 어느 것도 경험한 적이 없기에, 감히 공감할 수는 없습니다. 하지만 둘 중 하나라도 겪은 주변 지인들을 보니 몸과 마음이 얼마나 힘든지 아주 조금은 느낄 수 있었죠. 앞의 저자는 좋은 문장을 필사하면서 자신에게 안 좋은 상황이나 생각이 들어올 때마다 '필사한 좋은 문장'이 방패가 되었네요. 저도 몇 년 전에 성경책을 필사한 적이 있습니다. 필사의 힘을 받아서인지 내 안에 부정적인 마음이 들거나 재정이든 인간관계든 힘든 상황에 부닥칠 때마다 필사한 성경 구절이 떠올랐어요. 그때마다 다시 일어설 힘을 얻기도 하고 위로를 받기도 했지요. 당시 했던 성경 필사의 힘은 지금도 유효합니다.

상황에 따라 필사 방법을 선택하세요!

문장력, 글의 구성, 문장 패턴 등을 배우고 싶다면 통으로 필사하면 좋겠습니다. '통'이 무슨 뜻이냐고요? 좋은 문장을 하나씩 하나씩 따로따로 필사하는 게 아니라 말 그대로 책 속에 있는 에피소드 하나(한 꼭지)를 완전히 다 필사하는 거예요. 아니다, '나는 요즘 긍정의 에너지가 필요하다, 위로나 응원이 필요하다'라는 마음이라면 통으로 필사하지 않아도 됩니다. 책을 읽다가 좋아하는 문장, 마음에 와닿은 문장, 기억하고 싶은 문장만 필사하세요.

[실행하기] 좋아하는 책이나 현재 읽고 있는 책의 한 챕터 혹은 마음에 와닿는 문장을 필사해보세요.

* 책에 노트한 내용을 사진 찍어 자신의 SNS에 올린 후, #에세이글쓰기수업 #이지니작가 #11강수업 #책추천 태그하시면 제가 직접 보겠습니다.

12강

글감 고민,
더는 하지 마세요!

"글을 쓰고 싶은데 매번 어떤 내용을 써야 할지 모르겠어요."

"머릿속에 글감이 많아서 정작 어떤 걸 꺼내야 할지 모르겠어요."

학우님도 위와 같은 고민을 하고 있다면? 이번 수업을 절대 놓치지 마세요!

나만의 대주제 찾기

여기서, 잠깐!

〈대주제〉란?

내가 매번 쓰려고 하는 글의 '주제'입니다. 가령, 대주제가 '육아'라면, 매번 글을 쓸 때마다의 주제가 육아인 거죠. 부동산, 재테크, 글쓰기가 아니라 육아인 겁니다.

〈제목〉이란?

내가 쓴 하나의 글(에피소드)에 어울리는 제목입니다. 가령, 오늘 딸과 있었던 일을 글로 썼다면, 〈3살 된 딸의 반항에 무릎을 꿇었다〉가 제목이 되겠죠.

대주제 : 육아

제목 : 글을 쓸 때마다 다양한 제목이 나옴

- 제목 예시 1) 3살 된 딸의 반항에 무릎을 꿇었다

- 제목 예시 2) 키즈카페에서 춤춘 엄마

- 제목 예시 3) 반찬 투정 좀 그만해주겠니?

대주제를 정하면 좋은 점이 있습니다. 그리고 대주제를 정해야 하는 이유가 있습니다.

첫째, 글감 고민을 크게 안 해도 됩니다.

나만의 대주제가 이미 정해졌기 때문에 대주제 안에서만 생각하면 돼요. (뒷부분에서 자세히 설명할게요)

둘째, 꾸준히 글을 쓸 힘이 생깁니다.

대주제가 없다면 매번 어떤 내용의 글을 써야 할지 고민하게 됩니다. 물론 매번 다양한 주제로 글을 쓰는 게 좋은 분도 계시겠지만 그렇지 않은 분께는 말마따나 곤욕일 수 있어요. 꾸준히 쓰고 싶기는커녕 작심삼일도 힘들 겁니다.

셋째, 모인 글을 책으로 엮기가 수월해집니다. "갑자기, 책이요?"라고 생각할 수도 있겠지만요, 처음부터 "책을 쓰고 싶어요." 라고 생각하는 사람보다, "한두 줄 쓰고, 꾸준히 쓰다 보니 글이 꽤 모였네요. 책으로 낼 수 있나요?"라고 생각하는 분이 더 많습니다. 처음부터 '책'을 생각하면 어깨에 힘이 들어가서 재밌는 글이 나오기 힘들어요. 책 출간에 대한 부담이 있을 수 있거든요. 블로그나 브런치에 꾸준히 쓴 글이 어느 정도 모였을 때, "어? 글이 꽤 모였네? 출판사에 투고해 볼까?"라면서 자연스럽게 진행되어도 좋겠죠.

대주제는 어떻게 찾을까?

지금부터 제 이야기를 읽으면서 메모하기를 부탁드려요. 메모할 때 중요한 건 스스로 판단해서 골라 적지 말고 생각나는 모든 걸 적어야 합니다.

1. 요즘, 가장 많은 시간을 할애하는 건 뭔가요?

사업? 회사 일? 프리랜서 일? 육아? 취미 활동? 집안일? 아이 교육? 어느 것이든 좋습니다. 학우님이 하루 중 가장 많은 시간을 쓰는 것이 무엇인지 적어주세요. 저 같은 경우는 육아, 살림을 제외하고 오롯이 나 혼자만의 시간에는 글을 쓰거나 책을 읽거나 강의 준비를 합니다. 대주제가 '프리랜서 작가'인 거죠. 대주제를 잡고 글을 여러 편 모았고, 콘셉트를 잡아 『무명작가지만 글쓰기로 먹고삽니다』와 『말 안 하면 노는 줄 알아요』 두 권의 책을 쓰게 되었습니다.

2. 요즘, 좋아하는 건 뭔가요?

학우님이 좋아하는 걸 다 적어보세요. 먹는 거, 입는 거, 액체, 고체, 살아있는 거, 그 무엇이든 상관없습니다. 학우님의 취향을 다 적어요. 최근에 읽은 책 중에 『취향의 기쁨』이 있는데요, 책 제목 그대로 저자의 취향을 그대로 글에 녹였더라고요.

"취향에 관한 책이 이미 있다고요? 그럼 저는 '취향'을 대주제로 하면 안 되겠네요…."라고 말한 어느 학우님이 떠오릅니다. 어때요? 학우님 생각도 그런가요? 내가 쓸 대주제가 이미 책으로 나왔다고 포기한다면, 세상에 글쓰기 책, 육아 책, 부동산 책 등은 다 쓰면 안 되겠네요? 아니죠? 나와 같은 대주제가 이미 나왔다는 건 그만큼 많은 독자가 원하는 대주제라고 볼 수 있으니, 얼른 그 주제로 나만 할 수 있는 이야기를 담아 세상에 선보여야겠죠!

3. 취미, 특기, 습관은 뭔가요?

학우님이 꾸준히 하는 취미나 오랫동안 지속하는 습관은 뭐가 있나요? 혹은 남들보다 살짝 특별하게 하는 어떤 행위는요? 메모한 지가 5년이 넘었다고요? 매일 같은 시간, 같은 장소(혹은 매번 다른 장소)에서 산책한다고요? 매일 아침 나만의 루틴이 있다고요? 그렇다면 역시나 대주제로 정하기에 딱 맞죠! 몇 년 전에 자기계발서 베스트셀러에 오른 책이 떠오릅니다. 저자는 매일 새벽 4시 30분에 기상해요. 주말에도 그랬는지는 기억나지 않지만 거의 매일 같은 시간에 기상하죠. '새벽 4시 30분 기상'을 대주제로 잡고 글을 써서 모아 결국 베스트셀러를 만들었네요. (아, 부럽다)

4. 남들보다 조금 더 아는 '지식이나 팁'은 뭔가요?

영어 중급자 실력이라고요? 중국 여행 회화가 유창하다고요? 학우님만의 요리 레시피가 있다고요? ○○ 분야 5년 차 대리라고요? 소개팅을 50번 이상 경험해서 첫인상에서 좋은 인상을 남기는 법이나 대시 받는 법을 알고 있다고요? 뭐든 좋습니다. 남들보다 조금 더 알고 있는 학우님만의 팁을 적으면 됩니다.

여기서 중요한 건, 뭔가 대단하게 높고 깊은 지식이 있어야 하는 게 아닙니다. 가령 '영어 중급자'라면 그게 나만의 대주제가 되는 거예요. "에이, 영어 실력이 고급도 아니고 중급인데 어떻게 글을 써요?"라고 생각하시나요? 이런…. 글에는 읽는 '대상'이 있죠. 중급자가 쓴 영어 관련 글이라면 영어 왕초급, 영어 초급자가 보지 않을까요? 그들을 위한 글을 쓰면 됩니다. 내 실력이 아직은 중급이지만, 왕초급 때, 초급 때 이렇게 해서 실력을 업그레이드 했다! 라는 경험을 했다면 가감 없이 글에 녹여주세요. 현실적인 경험, 조언, 팁으로 많은 독자가 학우님의 글을, 학우님을 좋아하게 될 테니까요.

5. 학우님이 가진 역할은 뭐가 있을까요?

우리 개개인의 존재는 때에 따라 회사원, 엄마, 아빠, 아들, 딸, 선생님, 할머니, 할아버지, 사장님, 남편, 아내, 며느리, 사위, 친구, 학생, 이웃집 엄마 등으로 인식됩니다. 제가 가진 역할은 엄마, 아내, 딸, 며느리, 작가, 강사, 이웃집 아줌마, 친구 등이네요. 학우님이 가진 역할 중 하나만 골라 주세요. 그 역할이 나만의 대주제가 되는 겁니다.

『아이 앞에서는 핸드폰 안 하려구요』라는 제목의 책이 있어요. 이 책의 저자는 자신이 가진 수많은 역할 중 어떤 역할을 골라 글을 썼나요? 그렇죠, '엄마'라는 역할을 빼냈네요. 그럼 『매일 갑니다, 편의점』이라는 책은요? 편의점 아르바이트생? 매일 편의점을 이용하는 직장인? 정답은? 편의점 점주입니다. '편의점 점주'라는 역할을 대주제로 삼아 글을 썼고, 어느 정도 글이 모이자 책으로 엮게 된 경우예요. 그렇다면, 역할을 대주제로 한다면 학우님의 대주제는 무엇일까요?

6. 연약한 부분을 극복하고 싶다면, 그게 뭘까요?

내면이든 외면이든 고치고 싶은 모습이 있다면 극복하는 과정을 글로 쓰는 겁니다. 매일 글을 쓴다고 하는데 정작 작심삼일에서 멈춘다고요? 『귀찮지만 매일 씁니다』와 같은 책을 써 볼 수 있겠네요? 책 『불안 장애가 있긴 하지만 퇴사는 안 할 건데요』는 어때요? 제목 그대로 불안 장애가 있는 저자가 자신의 연약함을 감추거나 피하지 않고 맞서 싸우는(?) 멋진 태도를 보이죠. 그렇다면, 학우님이 극복하고 싶은 자신의 연약한 부분은 뭔가요?

7. 인간관계에서 학우님은요?

『열 번 잘해도 한 번 실수로 무너지는 게 관계다』, 『무례한 사람에게 웃으며 대처하는 법』 등도 모두 '관계'가 대주제입니다. 독자님들께 꾸준한 사랑을 받는 대주제이기도 하죠. '이런 사람'은 절대로! 만나고 싶지 않아! '이런 사람'을 만나고 싶어! 라는 마음, 다들 있지 않나요? 학우님이 생각하는 좋은 인간관계와 그렇지 않은 인간관계에 관한 글을 대주제로 정할 수도 있겠네요.

지금까지 7개의 질문을 드렸는데, 잘 메모했나요? 혹시 적으면서 마음에 크게 와닿은 대주제가 있다면 그건 학우님이 당장 해야 할 대주제니까 꼭 그 주제로 꾸준히 글을 쓰길 바라요.

대주제를 정했는데, 어떤 이야기를 글에 넣지?

예를 들어서 설명할게요. 제가 만약 '0~3세 육아'를 대주제로 정했다고 해볼게요.

1. 내가 직접 겪은 일이나 경험하고 싶은 일(바람)

타인에게 들은 이야기도 에세이라고 할 수 있지만 일단은 내 이야기가 들어가야 재미와 감동을 독자에게 더 전할 수 있겠죠. 저자가 직접 겪은 일이야말로 글을 쓸 때 더욱 실감이 나기도 하고요. 하여, 육아하면서 내가 겪은 일을 적습니다. 아이가 태어난 순간부터 내가 느끼고 바라는 이야기를 적는 거예요.

2. 타인이 겪은 일

친구나 가족, 내 주변에서 들은 육아 이야기를 적습니다. 타인의 이야기를 글로 할 때는 "너의 이야기를 글로 적고 싶은데, 괜찮을까?"하고 미리 묻는 게 좋을 듯해요. 글로 발행되거나 책으로 이미 출간된 후에 상대가 알게 되면 좋은 내용이든 아니든 기분이 상할 수도 있거든요.

3. 매체에서 보고 들은 것

영화나 드라마, 라디오, 인터넷 뉴스 등에서 육아와 관련된 이야기를 보고 들었다면 그것을 적어놓습니다. 가령 육아 관련 영화를 봤는데 현실 육아가 크게 와닿아서 내 글에 사례로 넣어도 좋고요.

4. 관련 도서

육아서를 읽다가 마음에 콕! 와닿는 문구를 발견했거나 도움이 된 글귀가 있다면 내 글에 인용구를 넣을 수 있겠죠. 마무리 내용으로는 내 생각이나 느낌, 팁이나 조언, 지혜나 깨달음 혹은 반성이 들어갈 수 있겠습니다.

나만의 대주제가 정해진다면 글감에 큰 고민 없이 '대주제 안에서만' 생각하면 되니 부담이 적고, 글이 35~40편 정도 모이면 책으로 엮을 수 있으니 이 얼마나 좋은가요?

[실행하기] 학우님의 대주제는 뭔가요? 대주제로 선정한 이유도 알려주세요.

* 책에 노트한 내용을 사진 찍어 자신의 SNS에 올린 후, #에세이글쓰기수업 #이지니작가 #12강수업 #책추천 태그하시면 제가 직접 보겠습니다.

13강

채찍이 아닌 당근을 드리는 이유

(feat. 즐기는 행위를 넘어 꾸준한 글쓰기를 위하여)

칭찬의 사전적 의미가 '좋은 점이나 착하고 훌륭한 일을 높이 평가함. 또는 그런 말'이라고 하네요. 제 입으로 말하기는 쑥스럽지만(그래도 말할 거면서), 인간 이지니의 '특'장점이 하나 있습니다. 피아노 치기? 노래 부르기? 다 땡이에요. 바로 '칭찬하기'입니다. 사전에서 말하는 대로 '좋은 점이나 착하고 훌륭한 일'만 칭찬한다면, 장점이라는 글 앞에 굳이 '특'이라는 글자를 데려오지 않았겠죠. 잘한 일은 물론, 부족한 부분이 좀 보여도 어떻게든 칭찬할 무언가를 찾아 상대방의 마음이나 어깨가 움츠러들지 않도록 돕습니다.

일상은 물론 에세이 글쓰기 수업에서도 나만의 필살기인 '칭찬하기'는 계속됩니다. 누가 어떤 내용의 글을 어떤 식으로 쓰든 "정말 잘 쓰셨네요!"를 외쳐요. 이어 "우리끼리만 읽기에는 아쉬우니 얼른 블로그를 시작하세요!", "글만 봐도 ○○ 학우님의 인격이 느껴지네요.", "삶을 대하는 ○○ 학우님의 태도가 멋집니다." 등과 같은 말을 반드시 덧붙입니다. 감사하게도 이런 제 칭찬을 받은 학우님들은 '그저 버튼만 누르면 나오는 종이컵'처럼 누구에게나 하는 칭찬이려니 생각하거나 시큰둥해하지 않아요. 오히려 '보이지 않는 선물'을 받은 것처럼 자신이 받은 칭찬을 특별히 여깁니다. 더 나아가 글쓰기에 재미를 붙이기도 하고, 부끄러워하면서도 선뜻 자신의 글을 낭독하지요.

음, 솔직하게 말할게요. 제가 뭐라고 채찍을 드릴까요. (제가 뭐라고 당근도 드릴까 싶지만요) 학우님들보다 조금 일찍 글쓰기에 몸을 담갔다고, 조금 먼저 책을 냈다고. 그래서, 그게 무슨 벼슬인가요? 아니잖아요. 여전히 저는 타인이 쓴 기막힌 문체를 만나면 주눅이 듭니다. 타고난 글쓰기 재능이 없기에 노력으로 실력을 쌓아야 해요. 부지런히요. 이걸 알면서도 날마다 해야만 하는 독서와 글쓰기를 수없이 실패합니다. 육아로 살림으로 강의로 시간이 부족하다는 핑계를 대면서요. 이런 제가 뭐라고 학우님들께 이건 잘못됐고, 저건 별로라며 채찍을 휘두를 수 있을까요. 그렇다고 아무런 이유도 없이 무작정 당근을 드리는 건 또 아닙니다.

채찍이 아닌 당근을 드리는 이유는 세 가지입니다. 첫째, 글을 써서 제출했거나 낭독했다는 의미는 '쓰는 행위'까지 도달했다는 뜻이고, 글을 썼다는 자체가 충분히 박수받을 만하기 때문입니다. 둘째, 글의 문맥이 잘 맞거나 글의 흐름이 깔끔하고, 사용한 어휘도 그럴듯하며, 비유나 묘사가 잘 된 글에만 잘 썼다고 말하고 싶지 않습니다. 비록 글쓰기 전문가들이 말하는 '스킬'은 부족할지라도 자신의 삶과 생각을 솔직하게 표현한 글, 마음이 따듯해지는 글 역시도 잘 쓴 글이기 때문입니다. 셋째, 글쓰기는 즐거워야 하는 행위입니다. 이 즐거운 행위가 꾸준한 글쓰기로 갈 수 있도록 돕고 싶기 때문입니다. 그동안 수업에 참여한 대부분의 학우님은 '꾸준한 글쓰기'와는 거리가 멀었습니다. '이제 글이란 걸 좀 써 보자!'라는 마음을 담아오신 분들에게 "서론을 이렇게 쓰면 재미가 없잖아요….", "이렇게 글을 쓰면 읽는 사람들이 반감을 품을 수 있어요." 등의 채찍부터 휘두르는 건 잔인합니다. 사람마다 성격이나 성향이 달라서 어떤 채찍에도 아랑곳하지 않는 분도 있겠지만, '이럴 줄 알았어, 글쓰기와 나는 애초에 어울리지 않아', '역시 글쓰기는 아무나 하는 게 아니야'라며 어렵게 잡은 펜을 영영 놓을 수도 있으니까요.

제가 드린 칭찬으로 쓰기에 재미를 붙인 학우님들은 하루에 한두 줄이라도 꾸준히 쓸 것이고, 꾸준히 쓴다면 글쓰기 실력은 따라오지 말라고 해도 자석처럼 붙게 될 거예요. 실제로 이런 분들이 있었습니다. 십수 년 전에 한두 개의 글을 올렸다가 내내 비어 있던 자신의 케케묵은 블로그에 새 글을 올린 분, 글쓰기 플랫폼 '브런치'에 작가로 등록해 글을 쓰는 분, 지금껏 쓴 글을 모아 출판사에 투고해 출간 계약까지 한 분 등이요. 이 모든 건 글쓰기라는 실행이 있기에 가능했지만, '칭찬이라는 뿌리'가 위와 같은 열매가 맺히도록 돕지 않았나 싶어요.

오늘도 “작가님의 칭찬에 글 쓸 힘이 납니다!”, “제 글에 이런 장점이 있는 줄 몰랐네요. 앞으로 더 열심히 쓸게요!” 등과 같은 메시지를 받으며 ‘진정한 글쓰기 동기부여는 역시 칭찬이구나!’임을 확신합니다. 제가 할 수 있고, 해드릴 수 있고, 해드리고 싶은 것! 제가 ‘특장점’이라 말하는 칭찬하기가 비록 서면이지만 이 수업에 함께하는 우리 학우님께도 전해지길 바랍니다. 말이 나온 김에 〈에세이 글쓰기 이론 및 실습〉을 수업하기 전에 당근 하나 드릴게요!

“학우님의 글은 세상에 오직 하나뿐이에요. 앞으로도 마음 따듯한 글 많이 많이 써주세요!”

2

에세이 글쓰기 이론 및 실습

별거 아닌 듯한 오늘의 ‘작은 일’이

나를 ‘최선의 길’로 이끈다

- 이지니 -

14강

일기와 에세이의 차이점

학우님! 앞서 수업한 〈에세이 글쓰기 준비운동〉, 어땠나요? 글쓰기 팁도 물론 중요하지만, 꾸준히 글을 쓸 힘은 팁이 아니라 동기부여에서 오죠. 글을 쓰기 귀찮은 날에, 남들과의 비교가 끝없이 펼쳐지는 날에, 그래서 어깨에 힘이 빠지는 날에 언제든지 준비운동에 참여해 주세요.

이제는 이론 및 실습입니다. 바로 시작할게요.

학우님, 일기와 에세이의 차이점은 뭘까요? 한참을 생각하지 말고 학우님의 머릿속에 있는 그대로 한번 말해봐요. (기다릴게요)

사전적 의미부터 살펴볼게요.

일기 : 날마다 그날그날 겪은 일이나 생각, 느낌 따위를 적는 개인의 기록, 이라고 하네요. 그렇다면 에세이는요?

에세이 : 일정한 형식을 따르지 않고 인생이나 자연 또는 일상생활에서의 느낌이나 체험을 생각나는 대로 쓴 글. 작가의 개성이나 인간성이 두드러지게 나타나며, 유머, 위트, 기지가 들어 있음. 이라고 하네요.

그런데, 보세요! 일기나 에세이나 일정한 형식을 따르지 않는 건 같네요. 게다가 내 느낌을 생각나는 대로 적는 글이래요. 역시, 일기와 에세이의 공통점이 많음을 알 수 있습니다. 제가 느꼈을 때 차이점은 이 부분 같아요. '작가의 개성이나 인간성이 두드러지게 나타나며', 여기요!

길거리나 카페에서 ○○ 가수의 노래가 나오면, 단번에 "어! ○○ 가수가 부른 노래네?"라고 한 적이 있나요? 지금 딱 떠오르는 가수가 누군가요? 아이유? 이선희? 나훈아? 성시경? 악뮤? (네, 제가 좋아하는 가수들이에요) 왜 갑자기 가수를 묻냐고요? 가수 지망생들이 가장 부러워하는 게 '나만의 음색을 지닌' 가수래요. 그럼, 책은요? 책도 나만의 색을 지닐 수 있을까요? 가끔 서점에 가는데요, 한번은 이런 적이 있었어요. 한 권의 책을 무심코 집었는데 한 챕터 읽다가 '어? 이 문체, 이 어조, 이 느낌…. 어디서 많이 봤는데?' 싶더라고요. 알고 보니 제가 이전에 재밌게 읽은 책과 같은 저자였습니다. 그때 알았어요. 저자도 가수처럼 자기만의 색을 충분히 가질 수 있구나, 라고요.

그럼, 일기와 에세이의 독자는 어떻게 다를까요?

일기 : 내가 써서, 나 혼자 보는 글

에세이 : 내가 써서, 나뿐만 아니라 '남'도 보는 글로 독자가 반드시 존재

라고 합니다. 독자에서는 확연한 차이를 보이네요. 일기는 말 그대로 나 혼자 보는 거니까(공개적으로 SNS에 올리기도 하지만) 독자가 없지만, 에세이는 무조건 나 외에 읽는 이가 존재합니다. 그렇다면 내용 차이는 어떨까요?

일기 : 감성이 짙은 이야기로 써도 좋다. 있었던 사건에 대해 나열만 해도 괜찮다. 그저 먹었다, 샀다, 기뻤다, 우울했다 등으로 글을 마무리해도 좋다.

에세이 : 내 경험에 나만의 생각을 더한 글이다. 대상이 있어서 남이 읽어야 하는 이유를 던져야 한다. 평범한 주제에서도 저자의 특별함이나 독특한 시선이 필요하다.

여기서 포인트는 '남이 읽어야 하는 이유를 던지기'죠. 나 혼자 주절대는 일기가 아니니까, 나 외에 이 글을 읽어야 하는 이가 반드시 존재하므로 읽어야 하는 이유를 주는 게 에세이의 포인트입니다. 우리 모두의 시간은 돈보다 귀해요, 그렇죠? 상대의 귀한

시간과 에너지를 허투루 쓰게 할 수는 없습니다. 내 글을 읽은 상대가 '아, 이래서 글을 썼구나'라는 느낌을 받는다면 성공!

제 글 하나를 소개할게요. 2019년에 있었던 일입니다. 당시 회사에 다니고 있을 때인데, 극심한 편두통이 생긴 날에 쓴 글이에요.

나의 불청객은 편두통이다. 한두 달에 한 번씩 녀석이 들이닥치면 오른쪽 눈알이 빠질 듯하다. 만성이라 약을 먹어도 소용이 없다. 고통의 48시간을 견뎌낼 수밖에는. 회사 점심시간에 좀 누워야지 싶어 허기진 배를 달래줄 정도의 샐러드만 먹었다. 그리고는 너덜너덜해진 정신을 이끌고 직원 휴게실로 향했다. 눈을 감아도 흔들리는 머리. 도대체 뇌 속에서 무슨 일이 일어나는지 알 수 없지만, 그럴 수만 있다면 뚜껑을 열어보고 싶다. 누운 지 10분이 채 되지 않았을 무렵, 거친 문소리가 들렸다. 뇌가 흔들릴 정도의 세기였다. 누가 들어왔다. 그리고는 자신의 캐비닛을 열고 마치 두더지가 땅을 파듯 무언가를 찾는 듯한 소리가 들렸다. 어느새 찌푸려진 내 미간은 펴질 줄 몰랐다.

- 부스럭부스럭

- 드르륵

- 팍팍

내 신발이 놓인 걸 못 봤을 리가 없는데, 누군가 불을 끄고 누워 있다는 걸 알 텐데…. 볼 일을 마친 그녀는 들어올 때보다 1.5배 더 큰 소리를 내며 문을 닫았다. 오늘, 유독 내 머리가 아파서인지 모르겠지만 그녀가 야속했다.

나는 소리로도 상대방의 인품을 본다. 별것 아닌 것 같지만, 또 매우 중요하다고 여긴다. 소리를 조심하는 사람은 조심성이 있는 사람이고, 그만큼 상대를 생각하고 배려하는 사람이다. 자연스레 좋은 인상을 주며 인품 역시 좋게 여겨진다. 굳이 말을 하지 않아도, 움직임만으로도 그가 어떤 사람인지 충분히 보이는 것이다. 오늘 일로 다시 한번 나를 점검해 본다.

- 이지니, 『힘든 일이 있었지만 힘든 일만 있었던 건 아니다』

이 글이 일기로 끝났다면?

극심한 편두통이 와서 점심 식사 후 휴게실에서 잠시 누워 눈을 붙였는데 누군가가 등장했고, 사람이 누워있는 걸 뻔히 알면서도 시끄러운 소리를 냈다. 아, 짜증 나! 머리까지 아파 죽겠는데 저 인간은 왜 저렇게 소음을 내는 거야! 라고 끝낼 수도 있겠죠. 하지만, 이 글은 일기가 아닌 에세이라서 내가(글쓴이) 이 일로 어떤 걸 느꼈는지까지 글에 녹아 있다면 좋겠다고 생각했어요. 하여, 시끄러운 소리를 내는 자체가 상대를 배려하지 않는 사람의 행동이라 여겼고 그렇게 느낀 이유는 소리에서도, 소음을 내고 안 내고만 보고도 인격을 알 수 있다고 생각하기 때문이라고 덧붙였습니다.

도서관에 가면 다들 조용히 공부하고 있는데 소리를 내며 책장을 팍팍 넘기거나, 이어폰 소리가 밖으로 새어 나올 정도로 크게 듣거나, 지우개로 지울 때 힘껏 소리 내어 지우는 사람들이 꼭 있죠? 타인을 생각한다면 최소한 조용히, 피해가 가지 않게 행동하지 않을까요? 이렇듯 저는 소리로도 상대의 인격을 알 수 있다고 생각했고 제목 또한 〈인격의 또 다른 신호〉라고 붙였습니다.

이 시간에는 일기와 에세이의 차이점을 알아봤는데요, 다른 건 몰라도 이거 하나만 기억해도 오늘 수업 성공입니다! 남이 읽어야 할 이유 던지기요. 그럼 오늘, 에세이를 한 편 써 보는 건 어때요?

[실행하기] 짧아도 좋으니 에세이 한 편을 써 보세요.

* 책에 노트한 내용을 사진 찍어 자신의 SNS에 올린 후, #에세이글쓰기수업 #이지니작가 #14강수업 #책추천 태그하시면 제가 직접 보겠습니다.

15강

초고를 빠르게 쓰는 팁과 빠르게 쓰면 좋은 이유

초고란 초벌로 쓴 원고로 맨 처음 쓴 날 것의 글을 뜻합니다. 화장하기 전, 온전한 내 얼굴을 민낯이라고 하잖아요? 다른 말로 쌩얼이요. 바로 쌩얼을 뜻하는 게 초고죠. 민낯으로 외부 활동이 가능하신 분 계신가요? 저는 민낯으로는 절대 밖으로 안 나갑니다. 커버력이 있는 선크림이라도 바르고 나가죠. 그래서일까요? 제 초고는 공개 안 해요. 아니, 못해요. '저게 글이야?'라는 생각이 들 정도로 막 쓴 글이라 아무에게도 보일 수 없답니다.

'초고는 걸레다', '초고는 쓰레기다'라는 말을 들어본 적이 있나요? 왜 초고를 걸레 혹은 쓰레기라고 표현할까요? 네, 맞아요. 키보드에 손을 올리는 순간부터는 부담이라는 먼지 한 올도 글쓴이 마음에 내려앉지 않을 만큼 편안하게 글을 쓰라는 뜻이죠.

초고, 이것만 기억하세요!

저는 A4 1장 분량 기준으로 10분 이내에 초고를 완성합니다. 빠르면 5분이고요. 초고 쓰는 속도가 느린 편은 아니지요. 혹시 초고에 긴~ 시간이 필요한가요? 긴 시간 매달려서 글쓰기가 즐거운 행위가 아니라 부담의 끝판왕처럼 느껴질 때가 있나요?

이제, 그런 걱정은 내려놓으세요. 앞으로는 초고를 빨리 쓸 수 있으니까요. KTX처럼 앞만 보고 달리면 되거든요. 저는 초고를 쓸 때 딱 하나만 생각합니다.

'맨 마지막 마침표를 향해 가자!'

대부분의 글에는 서론, 본론, 결론이 있잖아요.

'서론을 어떻게 시작할까…?'
'앗, 맞춤법이 이게 아닌 것 같은데?'
'좀 더 맛깔난 결론은 없을까?'
'이 표현은 너무 진부해. 나만의 묘사나 비유를 넣고 싶은데….'

초고를 쓸 때부터 위와 같은 생각을 한다면 글쓰기에 절대로 속도가 나지 않습니다. '초고는 속도전'이란 말이 괜히 나온 게 아니에요. 그만큼 앞뒤 재지 말고, 오직 앞만 보고 달리라는 뜻이니까요.

뒤돌거나 멈추지 마세요

'왜 자꾸만 앞만 보고 달리라는 거야. 내가 무슨 경주마야?'

'틀린 부분, 수정하고 싶은 부분이 보이는데 그냥 넘기라고?'

라며 귀여운 투정을 부리는 분이 계실 듯하네요. 침착하시고! (크게 심호흡) 우리가 경주마는 아니지만 초고에서 속도가 나와야 긴 시간과 에너지가 필요한 퇴고(고쳐쓰기)에서 살아남을 수 있습니다. 앗, 쓰다 보니 주제를 이탈했네…. 너무 많은 이야기를 담은 것 같은데… 라는 생각이 들어도 일단 킵고잉(Keep going)! 하십시오.

왜일까요? 위에서 언급했지만 우리에게는 고치고 다듬을 퇴고의 시간이 있기 때문이에요. 저 역시도 고치고 다듬는 퇴고에는 상당히 많은 시간과 에너지를 쏟아요. 초고에 10분 이내의 시간을 투자했다면 퇴고에는 최소 5배가 소요됩니다. 특히 책 출간을 위한 집필은 심한 말로 토가 나올 때까지 여러 번 읽고 수정해요. 브런치나 블로그에 발행하는 글도 10번 이상 읽고 수정합니다. 심지어 겨우 네다섯 줄의 짧은 글도 퇴고를 피할 순 없죠. 퇴고 이야기는 뒤에서 다시 할게요.

여기서 중요한 건 뭐다? 처음 글을 쓸 때는 어떤 부담도 내려놓고, 손가락이 가는 대로, 생각에 생각이 꼬리를 무는 대로 자연스럽게 써 내려가면 됩니다. 혹시! 이미 자기만의 초고 쓰기 방식이 있고, 잘 진행 중이라면 굳이 제가 제시하는 방법으로 바꿀 필요는 없어요. 이 주제에서 말씀드리는 내용은, 어디까지나 꾸준한 글쓰기가 아직 습관이 되지 않으신 분들을 위한 거니까요.

그래도 글이 잘 안 써진다면?

떠오른 글감이 있다면 가족이나 친한 친구와 이야기를 나눈다고 생각하고 내 목소리를 녹음하세요. 스마트폰에 내장된 녹음 기능을 사용해도 되지만, 녹음이 끝난 후 내 목소리를 들으며 타자해야 하니 받아쓰기에 시간이 걸릴 거예요. 그래서! 앱 하나를 추천합니다. 〈클로바노트〉예요. 이 앱을 내려받아서 사용해 보세요. 10초든 1분이든 녹음 버튼을 누르고 말을 한 다음, 녹음이 끝나면 대화나 말한 내용을 글로 추출해 줍니다.

초고 빨리 쓰는 팁 정리!

1. 생각을 너무 깊게 하지 말고 손이 가는 대로 쓴다.
2. 쓰다가 수정하지 말고, 그대로 쭉 끝까지 간다.
3. 맞춤법, 띄어쓰기 등에 얽매이지 말고 쓴다.
4. 지금! 내 머릿속 생각이 시키는 대로 타이핑한다.

떠오르는 글감을 놓치지 않으려면 빠르게 초고를 써야 합니다. 저는 스마트폰 메모 앱을 열고 초고를 써요. 만약 긴 문장을 쓸 시간이 없다면 한 문장이라도 적어둡니다. (예시 : 지하철 초등학생들의 대화 "넌 인생이 즐겁니?") 집에 가서 혹은 글을 쓸 시간이 되는 때에 미리 적어둔 한 문장을 보고 기억을 더듬어(오래 지난 일은 아닐 테니) 초고를 완성합니다.

오늘은 초고를 빠르게 쓰는 법을 알아봤어요. 물론 글을 빠르게 쓴다고 무조건 좋다는 뜻은 아닙니다. 글쓰기에 앞서 컴퓨터 키보드 앞에서 쭈뼛쭈뼛 시간을 보내게 되면, 글쓰기가 싫어지잖아요. 그러면 또 쓰기가 부담스럽게 느껴지고…. 초고라도 빠르게 완성하면 작은 성취감도 맛보고 글쓰기가 어렵다고 느껴지지 않겠죠. 일단 뱉어내듯 쓴다면 뭐라도 쓰게 되니까요.

16강

첫 문장,
쉽게 들어가기

‘첫 단추를 잘 끼워야 한다’라는 말이 있듯이 글도 마찬가지입니다. 첫 문장의 힘이 다음 문장, 그다음 문장을 넘어 책을 끝까지 읽게 만드니까요. 1년 전에 유튜브 운영에 관한 책을 본 적이 있는데요, 유튜브는 처음 3초가 관건이라고 하더라고요. 초반에 시청자들의 시선과 관심을 끌지 못하면 이탈을 면치 못한다는 거죠. 글도 비슷하지 않나 싶어요. 관심이 가는 제목을 클릭했는데 첫 문장이 무미건조하거나 흥미가 없다면 독자는 곧장 ‘뒤로 가기’ 버튼을 누르겠죠. 그래서 준비했습니다. 이번 시간에는 독자의 이탈을 막는 첫 문장 쓰는 법을 이야기할게요. 첫 문장 예시들을 보면서 알아보겠습니다.

‘친구 따라 강남 간다’라는 말이 있다

글의 첫 문장, 첫 문단으로 흔히 사용되는 방법입니다. 우리가 잘 알고 있는 유명한 말이나 속담, 명언 등을 데리고 오는 거죠. 내가 하고 싶은 이야기를 누구나 잘 알고 있는 말이나 속담으로 먼저 멍석을 깔아주면 독자는 이해가 훨씬 잘 되고, 뒤에 이어질 글쓴이의 이야기가 귀에 더 잘 들어오며, 공감은 배가 될 확률이 높아집니다. 다음 예시를 볼게요.

'친구 따라 강남 간다'는 말이 있다. 원래 자신은 할 마음이 없었는데, 친구가 하니까 덩달아 하게 될 때 쓰는 말이다. 지금은 비흡연자인 내가 20대 초반 아주 잠깐 담배를 피웠던 이유는 당시 늘 붙어다니던 친한 친구가 흡연자였기 때문이다.

많은 사람이 살면서 비슷한 경험을 했을 것이다. 생각해보면 어린 시절 어머니는 '친구를 가려서 만나라'는 말을 참 많이 했다. 40년의 인생을 살아보니, 그 말은 틀린 것이 하나도 없었다.

우리 주변에 대통령이 될 사람이나 세계 최고의 부호가 될 사람까지 둘 순 없겠지만, 그래도 좋은 에너지를 주는 사람을 곁에 둬야 하지 않을까? 나 자신도 알지 못하는 좋은 운과 나쁜 운을 내 곁에 있는 사람이 내게 주고 있을 테니 말이다. 어쩌면 대부분의 우리가 성공하지 못하는 이유도 여기에 있을지 모른다. 주변에 나보다 좋은 사람이 있어야 성장할 수 있는데, 안타깝게도 실제 내 주변에는 나 같은 사람밖에 없다.

- 김도윤, 『럭키 LUCKY』

지금껏 나처럼 심한 '똥손'을 본 적이 없다

글이 시작되자마자 공감대 형성입니다. '어머! 나도 똥손인데!'

하며 두 눈에 불을 켜고 글에 집중할 사람이 있겠죠. 반대로 무엇이든 잘 만드는 '금손'인 사람은 공감이 안 되는 첫 문장이지만, 나와 반대의 성향이나 기질을 가진 사람은 어떻게 생활할까? 어떤 생각을 가질까? 하는 호기심이 발동하리라 봅니다.

"선생님! 나 똥 쌌어요!"

실제로 수업 시간에 어느 학우님이 쓴 글의 첫 문장이었습니다. 학우님이 글을 읽자마자 모두 눈을 동그랗게 뜨고 집중했어요. 역시, 애나 어른이나 '응가' 이야기를 싫어하는 사람은 없더라고요. 하하. 응가 이야기라서 독자의 관심을 끈 것도 사실이지만, 대화체여서 집중도가 높아진 듯해요. 대화체는 평서문보다 독자의 호감을 사기 쉽습니다. 영화 시나리오나 드라마 대사와 비슷하게 읽히거든요. 상황이나 장면이 평서문보다 상상이 훨씬 잘 되기도 합니다. 내가 쓴 첫 문장, 첫 문단이 아무리 읽어도 흥미나 재미가 느껴지지 않는다면, 대화체로 시작하기를 추천할게요!

최근에 누군가와 나눈 대화를 떠올려 보세요. 내가 한 말이 아닌, 누군가의 말이나 다른 사람들끼리의 대화를 써도 좋습니다.

대화체를 글로 적을 때는 큰따옴표(" ")를 반드시 적어주시고요. 두 줄이든 다섯 줄이든 대사를 적고 그 뒤에 글을 이어가세요. 대화체를 쓰면 글이 더욱 생생해질 뿐만 아니라, 뒤에 이어질 글도 자연스럽게 떠오릅니다.

0세부터 만 3세 이하 아이를 둔 여성을 대상으로 조사가 이루어졌다

글쓴이 자신이 내민 주장보다 때로는 조사 기관에서 이뤄진 기사 내용이 독자의 마음에 더욱 와닿을 때가 있습니다. 뭐랄까요, 객관적인 조사 결과가 신뢰도 면에서 강세를 보인다고 해야 할까요? 첫 문장부터 객관성 있는 내용을 들이밀면, 그 뒤에 내가 하고 싶은 말이 탄력을 받아 글이 술술 잘 써질 수 있고, 독자의 고개도 더욱 끄덕여지겠죠.

만약 당신이 500만 원의 원고 청탁을 받는다면?

먼저, 아래 문장을 비교해 보세요.

A) 지난 6월 22일, H 출판사에서 메일 한 통이 왔다. 정부 기관에서 진행하는 단행본 제작을 위한 원고 청탁이었다.

B) 만약 당신이 500만 원의 원고 청탁을 받는다면? 지난 6월 22일, H 출판사에서 메일 한 통이 왔다. 정부 기관에서 진행하는 단행본 제작을 위한 원고 청탁이었다.

두 문장을 읽고 어떤 느낌이 드나요? 어떤 글이 좀 더 끌리나요? 아마 대부분의 학우님은 B 글이 좀 더 끌린다고 할 것 같아요. 이유는요? 글 A는 독자를 제삼자로 둔 느낌이지만, 글 B는 독자가 함께 생각하고 고민하게 하니까요. 아무래도 첫 문장에서부터 나(독자)에게 질문을 던졌으니 말이에요. 그것도 꽤 큰돈을 걸고 말이죠. 돈 싫어하는 사람 있나요? 돈 얘기라면 호기심을 더욱 끌 만하죠.

드라마 · 영화 대사 활용

면접관 : 남산 도서관을 특별히 더 좋아하는 이유가 있나요?

김진혁 : 도서관까지 올라가는 길이 좋습니다. 계절마다 다르거든

요.

면접관 : 요즘 VR도 확산되고 게임도 재미있을 텐데 시집, 소설이 더 재미있다니…. '책은 고마운 것'이라고 썼는데 그 이유가 뭘까요?

김진혁 : 게임은 쉼 없이 달려야 하지만, 책은 잠시 쉬어가도 그 자리에서 기다려 주거든요. 그래서 책이 고맙습니다.

드라마 〈남자친구〉에 나온 대사다. 바쁘고 피곤하다는 핑계로 최근 3달 동안 책 한 페이지를 제대로 읽지 못했는데, 내 방 책장에서 나를 기다려 준 책에 새삼 고맙다.

드라마, 영화는 물론 다큐멘터리나 예능 프로그램도 상관없습니다. 내 마음에 꽂힌 대사, 자막, 줄거리 등을 글 맨 앞으로 데려와 보세요. 글에 따라 중간이나 끝부분에 넣는 게 좋을 때도 있습니다. 영화, 드라마, 기타 프로그램을 시청할 때는 이 책의 '9강. 영화, 드라마 볼 때 이렇게 해 봤나요?'에 적힌 대로 한번 해보세요.

책 속 한 문장 · 한 문단

속담이나 명언, 드라마나 영화 속 대사도 내 글에 힘을 실어주는 고마운 녀석입니다만, 책 속 문장도 빠질 수 없죠. 우리는 이걸 인용이라고 말하고요. 그거 아세요? 서점에 가면 가장 먼저 보이는 베스트셀러 코너! 대부분의 베스트셀러에는 많은 인용구가 살아 숨 쉬고 있다는 사실을요! 누구는 "인용구 모음집이네"라며 비꼬듯 말하지만, 독자의 마음을 건드리는 인용구를 잘 찾아서 내 글과 어울리게 글을 쓴 저자의 능력도 대단하다고 생각합니다. 인용구를 모으는 팁은 뒤(26강)에서 전할게요.

[자율 과제] 위에 나온 7가지 첫 문장 예시 중 한 가지를 택해서 에세이를 써보세요.

* 책에 노트한 내용을 사진 찍어 자신의 SNS에 올린 후, #에세이글쓰기수업 #이지니작가 #16강수업 #책추천 태그하시면 제가 직접 보겠습니다.

17강

제목만 봐도 읽고 싶은 글

예시 1

[제목1] 용서를 구합니다

[제목2] 500만 원 다단계의 최후

위에 적힌 두 개 중에서 보자마자 끌린 제목은 뭔가요? 마음속으로 찜해놓고, 아래 제목을 볼게요.

예시 2

[제목1] 나를 칭찬해

[제목2] 착한 오지랖이 발동하는 순간

이 두 개의 제목은 어때요? 어떤 제목을 클릭하고 싶나요? 어떤 분은 제목1이, 어떤 분은 제목2가 끌린다고 하겠죠? 수업을 진행하면서 학우님 대부분은 제목2가 더 끌린다고 하더라고요. 그렇다면, 예시 1에서 제목1보다 제목2가 끌리는 이유는 뭘까요? 네, 맞아요. 구체적인 제목이기 때문이죠. '500만 원'이라는 돈의 액수와 주변에서 흔히 경험할 수 없는 '다단계'라는 단어가 상대를 끌어당긴 것 같아요. 예시 2의 두 번째 제목 역시나 오지랖은 오지랖인데 '착한' 오지랖이라니, 뭔가 아이러니하면서 궁금하죠? 제목을 잘 짓는 팁은 마케팅 책 몇 권만 들춰도 금방 배울 수 있으니, 좀 더 관심이 있는 학우님은 마케팅 관련 책을 찾아보길 추천합니다. 마케팅 책은 아니지만 송숙희 작가님의 『끌리는 단어 혹하는 문장』을 참고해도 좋을 듯해요.

책 제목을 지을 때 제가 사용한 방법인데요, 도움이 되시길 바라며 공개할게요. 먼저, 노랫말입니다. 노래 가사죠. 저는 고등학교 졸업 이후 30여 개가 넘는 일을 경험했는데요. 누군가는 도전 정신이 투철하다고 칭찬할지 모르지만, 끈기 부족, 의지박약의 그야말로 루저의 삶을 살았죠. 남들 눈에는 그저 실패로 보일지 몰라도, 저는 지혜와 깨달음을 얻은 실수라 여기며 살았습니다. 2018년에는 실패라 불리는 저의 수많은 실수를 한 권의 책에 담아 출간하기도 했어요. 20대, 30대를 대상으로 쓴 에세이인데 글과 어울리는 책 제목이 잘 떠오르지 않더라고요. 그러던 중, 노래 한 곡을 듣게 됩니다.

숨이 벅차올라도 괜찮아요
아무도 그댈 탓하진 않아
가끔은 실수해도 돼
누구든 그랬으니까
- 이하이, 〈한숨〉 가사 중

가끔은 가사를 눈으로 보며 음악을 듣곤 해요. 이날도 그랬습니다. 가사를 보며 노랠 듣는데 제가 쓴 에세이 내용과 찰떡이더라고요. '이거다!' 싶었습니다. 가사의 '아무도 그댈 탓하지 않아'를 살짝 바꿔서 '아무도 널 탓하지 않아'라는 제목을 짓게 됐죠. 이런 적도 있어요. 2019년에 유튜브에서 '탑골 GD'로 유명해진 가수 양준일 씨가 한국에서 팬 미팅을 열었는데요, 팬 미팅에 관련된 뉴스 기사를 봤죠.

사회자 : 양준일 씨, 예전에 한국에서 활동할 때 정말 많이 힘드셨다면서요….
양준일 : 아, 네…. 그런데 힘든 일이 있었지만, 힘든 일만 있었던 건 아니에요.

기사 내용을 읽는 순간, 또 한 번의 '이거다!'가 머리를 스쳤습니다. 그렇게 해서 『힘든 일이 있었지만, 힘든 일만 있었던 건 아니다』라는 제목의 산문집이 탄생했죠.

하루, 한 달에 쏟아지는 책이 어마어마하죠. 인터넷 바다만 봐도 엄청나게 많은 글이 있고요. 그중 어떤 책을 고를까요? 어떤 글을 클릭할까요? 책의 제목이든, 내가 쓴 하나의 에피소드의 제목이든 정말로 잘 지어야 합니다. '잘'이란 얼른 읽고 싶고, 클릭하고 싶은 제목이어야 하죠. 호기심이나 궁금증을 유발하든지 공감을 사는 제목이든지요. 글을 쓰는 순간에 좋은 제목이 나올 수도 있지만 어느 날 갑자기 '띠~용~'하듯 생각이 날 때도 있으니 평소에 메모를 잘 해두시면 좋겠습니다.

이번에는 에세이 중에서도 자기 계발형 에세이와 감성, 추억, 힐링 등의 느낌이 담긴 에세이로 나눠볼게요. 에세이 분위기에 따라 제목의 느낌이 달라질 수 있거든요.

감성, 힐링 에세이 책 제목 : 『아무도 널 탓하지 않아』

- 우리의 음악은 끝나지 않았어요
- 마음껏 취해요
- 달콤한 시동을 걸어요

자기 계발형 에세이 책 제목 : 『무명작가지만 글쓰기로 먹고삽니다』

- 계간지 신인상 등단을 포기한 이유
- 5만 원이 아까워서 이러는 게 아닙니다
- 작가가 인세로만 먹고산다는 것

어때요? 감성, 힐링 에세이 제목은 뭔가 모호하죠? 살짝 오글거리기도 하고요. 감성이나 추억, 힐링 등의 느낌이 담긴 에세이는 제목 역시 감성적인, 모호한, 오글거리는 느낌이 들어가도 괜찮습니다. 그런데 반대로 자기 계발형 에세이는요? 지극히 구체적인 제목임을 알 수 있죠. 제목만 봐도 글의 내용이 어떻겠구나, 라고 짐작할 수 있고요. 학우님이 쓰고자 하는 에세이 종류에 따라 제목도 달라질 수 있음을 기억하세요. 평소에 서점, 도서관, 인터넷 서점 사이트 등에서 책 제목을 유심히 보세요. 책 제목에도 흐름이 있어서 그때그때 유행하는 느낌의 제목을 몸소 느껴보시길 바랍니다. 그렇다면, 블로그나 브런치의 제목은 어떻게 쓰면 좋을까요?

[제목 1] 글쓰기에도 미니멀리즘이 필요해

[제목 2] 인생에서 이런 스승을 만난다면 대박!

[제목 3] 대학생한테 대시 받은 35살 한국 여자

글쓰기에도 미니멀리즘이 필요하다고? 무슨 뜻일까? 인생에서 어떤 스승을 만나야 대박이지? 30대 중반 여자가 대학생한테 대시 받았다고? 어때요? 궁금한가요? 클릭하고 싶은가요? (클릭해서 얼른 글을 읽고 싶다고 말해줘요, 제발!) 클릭을 유도하는 제목을 썼다면 이걸로 끝인가요? No! 블로그나 브런치는 여기에 한 가지를 더 추가해야 합니다. 바로, 키워드 제목입니다.

[제목 1] tvN 〈신박한 정리〉를 보고, 글쓰기에도 미니멀리즘이 필요해
[제목 2] 한동일 『라틴어 수업』을 읽고, 인생에서 이런 스승을 만난다면 대박!
[제목 3] 중국 칭다오 여행, 대학생한테 대시 받은 35살 한국 여자

이렇게 말이죠. 궁금증을 유발하는 제목을 썼으면 됐지, 키워드 제목까지 넣는 이유가 뭘까요? 눈치가 빠른 분은 짐작되죠? 네, 그래요. 인터넷 사이트에서 키워드 검색 시 내가 쓴 글이 노출되게 하기 위함입니다. 물론 연예인 및 인플루언서나 SNS 이웃 증가에 관심이 없는 분은 굳이 키워드 제목까지 넣을 필요는 없습니다. 하지만 내 글을 더 많은 이에게 소개하고 싶다면 키워드 제목은 필수입니다.

본문을 잘 읽으면 제목이 보입니다

"내가 책을 만들어 보니까, 좋은 제목은 본문에 '숨어' 있더라. 제목

을 억지로 '지어' 내려고 하지 말고, 원고를 천천히 다시 읽어 봐. 열심히, 잘 읽어 내면 좋은 제목이 보일 거야."

- 이연실, 『에세이 만드는 법』

내가 쓴 글의 제목이 마음에 드나요? 마음에 딱! 들지 않는다면 위에서 말한 대로 원고를 천천히 다시 읽어보세요. 좀 전까지는 몰랐던, 보이지 않았던 제목이 '매직아이'처럼 띠용~하고 나타날지 몰라요. 그리고! 제목을 처음부터 정하지 않아도 좋습니다. 대주제는 정하되 내 이야기에 맞는 제목은 당장 안 써도 돼요. 오히려 글을 다 쓰고나서 한두 번 소리 내어 읽으면 제목이 보일 거예요. 그때 적어도 늦지 않아요. 만약 한두 번 읽었는데도 제목이 보이지 않으면 내가 쓴 글이 산으로 바다로 갔을 확률이 높아요. 한 가지 주제에 집중하지 못한 글이란 뜻이죠. 그때는 본문을 수정하는 게 좋습니다.

오늘은 제목만 봐도 읽고 싶은 글이라는 주제로 이야기를 전했습니다. 최근에 쓴 글이 있다면 제목을 다시 들여다보세요. 정말로 읽고 싶은 글인지 냉정하게 판단해 보면서요.

[자율 과제] 기존에 쓴 글의 제목을 수정해 보세요. 제목 수정으로 '제목만 봐도 읽고 싶은 글'로 만들어 보세요.

* 책에 노트한 내용을 사진 찍어 자신의 SNS에 올린 후, #에세이글쓰기수업 #이지니작가 #17강수업 #책추천 태그하시면 제가 직접 보겠습니다.

18강

평범한 일상을
특별한 글로 만들기

"매일 하루하루가 똑같은 일상의 반복인데요. 뭔가 특별한 일을 겪은 게 없는데 무슨 글을 써야 하나요?"

동의하나요? 저도 같은 생각을 할 때가 있었습니다. 글을 쓰고 싶지만 내 하루가 빈약해 보였어요. 한라산 정상에 오른 적도 없고, 죽음의 문턱을 지났지만 만 1세 때의 일이라서 기억이 안 나고, 빚더미에 쌓여 빚쟁이들한테 도망을 다닌 경험도 없고요. 그저 매일 같은 시간에 일어나, 삼시 세끼를 먹고, 집에서 일하는…. 평범 그 자체의 일상으로는 재밌는 글이 나오지 않을 거라 착각했습니다.

내 하루하루가 보잘것없이 느껴지는 분, 하루하루가 평범해서 뭘 써야 할지 모르겠다는 분들을 위해 준비했습니다. 이 시간을 끝까지 함께한다면 평범한 내 일상을 특별한 글로 만들 수 있을 거예요! 먼저, 글 하나를 소개할게요.

나는 오래 걸으면 남들보다 더 피곤함을 느끼는 평발이다. 그래서 신발에 유독 예민하다. 몇 달 전, 3년간의 여름을 지켜주던 샌들과 작별하고 젤리 샌들을 만났다. 보기만 해도 내 몸을 가볍게 해줄 것만 같은 이 젤리 샌들! 그러나… 젤리 샌들을 신으면 엄마 품에 안긴 듯 편안할 줄 알았는데 신을 때마다 발뒤꿈치가 벗겨졌다. 이내 약을 바르고 밴드로 붙여 급한 불을 껐다. 그런데 날 아프게 한 샌들을 또다시 꺼낸다. 내 발이 젤리 샌들에 적응이 될 때까지, 샌들과 내 발이 친해질 때까지 시간을 주기 위해서다. 아프다고, 다시는 안 신겠다고 샌들을 외면하면 진정한 편안함을 느끼지 못할 테니까 말이다. 치수가 안 맞는 것도 아닌데 불편한 신발이라는 누명을 씌울 수는 없다.

서너 번의 벗겨짐과 쓰라림이 지나간 뒤 그 자리에 굳은살이 피었다. 그 후로 샌들을 신을 때마다 콧노래가 절로 나올 정도로 발이 편안하다. 아무리 걸어도, 뛰어도 아프지 않다. 고통이 그저 고통으로 끝나면 그것처럼 슬픈 일이 없다. 비록 별것 아닌 신발이지만 고통 뒤에 숨어 있는 이 행복을 나는 느끼고 싶었다.

꿈으로 가는 길도 이와 같다. 원하는 길을 가기 위해서는 하기 싫은 일도 해야만 한다. 힘들다고 귀찮다고 건너뛸 수는 없다. 삶의 굳은살을 만나야 비로소 꿈과 마주할 수 있으니 말이다. 혹시 지금 하는 일이 많이 힘든가요? 지칠 대로 지친 몸에 마음도 아픈가요? 그럼, 축하합니다! 이제 다 왔으니까요. 아주 조금만 더 기다리세요. 굳은살이 돋아날 때까지만.

- 이지니, 『힘든 일이 있었지만 힘든 일만 있었던 건 아니다』

아무나 겪을 수 없는 일을, 오직 소수만 겪을 법한 소재를 글에 담았나요? 전혀 아니죠. 새 신발을 신어본 사람이라면, 특히 여성분들이라면 더 크게 공감할 거예요. 새로운 신발(구두, 샌들 등)을 신으면 내 발에 적응될 때까지 뒤꿈치가 아프잖아요. 심하면 피도 나고요. 새 신발을 신었는데 발이 너무 아팠고 피가 났지만 신발에 적응될 때까지 버텼더니 어느새 굳은살로 변했고, 굳은살 덕분에 신발을 신어도 전혀 아프지 않다는 글입니다. 만약 이 글이 '새 신발을 신으니 발이 아프네, 에잇!'으로 마무리됐다면 그건 일기겠죠. 에세이로 바꾸려면 앞서 말씀드린 대로 남이 읽어야 하는 이유를 던지면 좋아요. 글쓴이의 특별한 시선이 필요합니다.

새 신발 ➡ 꿈으로 가는 길
신발을 신었을 때의 아픔 ➡ 포기하고 싶은 마음
굳은살이 생김 ➡ 하기 싫은 일이지만 인내했더니 습관이 됨
신발이 편해짐 ➡ 원하는 목표에 도달 혹은 꿈을 이룸

저는 여기서 새 신발을 '꿈으로 가는 길'로 표현했어요. 신발을

신었을 때의 아픔을 '포기하고 싶은 마음'으로, 굳은살이 생긴 걸 '하기 싫은 일이지만 인내했더니 습관이 됨'으로, 결국 신발이 편안해졌다는 건 '원하는 목표에 도달했거나, 꿈을 이뤘다'라고 해석해 봤네요. 생각의 한 끗 차이인데 글의 깊이가 달라졌지요? 또 다른 글입니다.

평일 오후 4시 40분, 병원 진료 때문에 평소 퇴근길보다 일찍 지하철을 탔다. 자리에 앉은 나는 여느 때와 같이 사람들의 대화를 들으며 세상을 만나려 했다. 이때, 부드럽고 자상한 목소리가 귓가에 닿았다. 그 목소리에는 마치 습기로 가득 찬 방 안에 제습기를 틀어놓은 듯한 뽀송뽀송함이 있었다.

"난 지금 들어가고 있지. 자네를 많이 축복하네. 허허허.
그래, 고생 많았고 어디에서도 잘할 거라 믿어."

자세히는 모르지만 중년 남성은 회사를 운영하고, 수화기 너머의 청년은 중년 남성이 운영하는 회사의 전 직원인 듯했다. 나는 휴대전화를 무릎에 올리고 눈을 감은 채, 중년 남성의 목소리에 좀 더 기대기로 했다.

"우리의 인연이 길진 않았지만, 혹시라도 내가 도울 수 있는 일이 있다면 언제든지 연락하게. 어렵게 생각하지 말고. 그래, 늘 미소 잃지 말고, 허허!"

순간 나도 모르게 코끝이 찡해지면서, 감고 있던 눈마저 촉촉해졌다. 중년 남성의 따스한 격려가 내 마음에도 닿았나 보다. 나는 그가 서 있는 쪽으로 고개를 돌렸다. 이미 통화 내용을 들어서인지 인자함이 그의 몸을 감싸고 있는 듯했다. '수화기 너머의 청년은 알까? 중년 남성이 이렇게 진심 어린 눈빛으로 맞닿으려 한 것을?'

'말 한마디에 천 냥 빚을 갚는다'라는 말이 떠오른다. 그만큼 '말'이 중요하다. 누군가를 죽음으로 몰기도 하고, 살리기도 하는 말. 잘은 몰라도 수화기 너머 청년의 마음에도 꽃이 피었을 거다. 혹시 아는가? 청년에게 힘든 일이 생길 때마다, 3분도 채 되지 않는 오늘의 통화를 기억할지. 혹은 중년 남성의 말 하나로 '버텨야 하는 시간'을 잘 참아낼지도 모른다. 어쩌면 어느 날, 다른 누군가에게 청년 자신이 받은 온기를 전할 수도 있다. 온화한 말은 전염성이 높아 한 사람이 아닌 다른 이에게, 또 다른 이에게 전파될 테니까.

대중교통인 '지하철' 안에서 일어난 일입니다. 누구든 어떤 일을 겪을 수 있는 장소죠. 통화 속 중년 남성의 긍정적인, 온화한 말이 수화기 너머의 청년에게 잘 전달되기를 바라는 마음을 담고 있습니다. '말'의 힘은 말하지 않아도 잘 알죠? 나를 웃고 울게 하는 상대의 말! 저 역시 이왕이면 상대에게 은혜가 되는 말을 하려고 노력하는데, 이게~ 이게~ 특히 가족들한테는 쉽지가 않네요. 여하튼, 상대한테 온화한 말을 듣는다면 기분 좋음은 물론 내가 힘들 때 버티게 하는 힘이 되는 것 같아요.

대중교통을 이용할 때는 눈을 감고 잠을 청할 수도 있고, 책을 읽을 수도 있고, 멍하니 생각에 빠질 수도 있지만, 귓가에 들리는 말들에 귀를 기울여 보세요. 평범한 장소에서의 경험에 나만의 특별한 시선을 한 스푼 넣어 글을 써 보는 건 어때요? 글에 특별한 시선을 넣기가 쉬운 분이 있고 어려운 분이 있을 거예요. 하지만 노력하면 됩니다! 생각도 연습이 필요해요. 내가 겪은 오늘을 특별하게 만들기 위해 생각을 쥐어짜 보세요. 억지로 말이죠. 나만의 독특한 시선을 쥐어짜면 정말로 생각지 못한 그럴듯한 통찰력을 발견할 거예요. 그런 의미로 최근에 있었던 일을 떠올려 보세요.

[실행하기] 최근에 있었던 일을 떠올리고, 나만의 특별한 시선을 넣어 글을 써 보세요.

* 책에 노트한 내용을 사진 찍어 자신의 SNS에 올린 후, #에세이글쓰기수업 #이지니작가 #18강수업 #책추천 태그하시면 제가 직접 보겠습니다.

19강

어떻게 써야
마음을 움직일 수
있을까요?

사람의 마음을 움직이려면 어떻게 글을 써야 할까요? 키보드에 손을 올려놓는 순간 우리는 이 문제 앞에서 고민합니다. 등잔 밑이 어둡다는 말처럼 의외로 답은 아주 가까운 곳에 있는데도 말이죠. 바로 '나' 자신이 답이기 때문이에요. 지금까지 살면서 겪은 이야기, 특히 고난과 좌절, 그리고 실패라 불리는 수많은 실수를 통과했다면 더할 나위 없습니다. 저 역시 수많은 시련을 겪었거든요. 답답한 현실에 가슴을 쳐서 멍이 든 적도 여러 번입니다. 당시에는 이해할 수 없는 고통의 시간을 보내고 그 경험이 어떤 의미일지를 생각하다가 지금은 그런 고민의 결과로 글을 쓰게 되었어요. 제 인생은 시작하자마자 순탄하지 않았습니다.

나는 태어나고 두 달이 지나지 않아 큰 병을 앓았다. 나중에 알게 된 병명은 '폐렴'. 물론 지금이야 초기에 발견이 되면 고칠 수 있지만, 1980년대 초·중반만 해도 불치병에 가까웠다. 병원에서 1년을 넘게 살았으니 나의 '백일'과 '돌' 잔치는 남의 나라 이야기였다. 그럼에도 엄마는 막내딸의 첫 생일인데 사진이라도 남기고 싶어 카메라를 들고 병실로 갔지만, "죄송한 말씀이지만, 사진을 찍어 놓으면 나중에 부모님 마음만 더 아플 뿐입니다. 찍지 마세요."라며 의사 선생님이 말렸다고 한다. 아마 고칠 방법이 없으니 오래 버티지 못하고 죽을 것이라 여긴 모양이다. 그래서 내게는 그 흔

한 백일 사진과 돌 사진 한 장이 없다. '돌잡이'는 또 어느 나라 말인가? 내게는 꿈도 못 꿀 일이었다. 나의 투병으로 언니는 시골 외할머니댁으로 보내진 지 오래였고, 엄마는 가뜩이나 약한 체력에 10kg이나 더 빠져 쓰러지는 일이 잦았으며, 아빠는 속상한 마음에 술도 많이 드셨다고 한다. 병세는 좋아질 기미가 보이지 않았고, 급기야 병원에서 손을 쓸 수 없으니 집으로 돌아가라고 했다. 부모님은 어떻게든 나를 살리려 수도권에 있는 큰 병원을 찾아다녔지만, 고칠 수 없으니 집으로 돌아가라는 말만 들을 뿐이었다. 숨을 쉴 때마다 배보다 더 커져만 가는 배꼽, 앙상한 뼈만 남아 원숭이 같은 모습, 작은 아가의 온몸은 이미 주삿바늘 자국으로 가득했다.

나를 안고 집으로 돌아온 엄마는 그때부터 새벽마다 교회에 가서 기도했다고 한다. 등 뒤에는 나를 업고 말이다. 더는 사람이 할 수 없다면 신에게 맡기는 수밖에 없다고 생각하신 거다. 세찬 비바람이 불어도, 무릎까지 눈이 쌓인 날에도 늘 나를 업고 기도하셨다. 엄마의 간절한 기도가 하늘에 닿은 걸까? 그 후로 약 2년이라는 시간을 지났을 무렵, 나는 기적으로 살아났다. 지금은 일 년에 감기 한번 쉽게 걸리지 않을 정도로 건강하다. 너무 어릴 적 일이라 기억이 나진 않지만, 자라오면서 나는 늘 이런 생각을 했다. '나는 특별한 사람이야. 그때 내가 죽지 않은 이유는 이 땅에서 해야

할 일이 있기 때문이야. 반드시 그 일을 찾아 세상에 선한 영향력을 뿜어내며 살아야지!'

마음을 움직이는 글은 솔직한 자신의 이야기에서 만들어집니다. 그것도 긍정이 아닌, 부정의 키워드에서 말이죠. 학우님이 가지고 있는 부정의 키워드가 다른 누군가에게는 위로와 희망이 됩니다. 당시에는 가슴 찢어질 듯 아픈 상처와 슬픔도 다른 이에게는 살아갈 이유가 되죠. 인간은 이 세상에 일어날 수 있는 전부를 겪을 수 없습니다. 아니, 그럴 만한 시간이 없어요. 그래서 타인의 실수를 배우는 것이 무엇보다 중요합니다.

한 번 태어나 장애물 하나 없이 곧은길로 가는 인생을 사는 사람은 없습니다. 그것이 건강이든 사랑이든 직업이든 반드시 눈앞에 장애물을 만나게 되죠. 먼저 그 이야기를 풀면 됩니다. 단, 시작은 부정이되 반드시 긍정으로 끝내야 해요. 서론, 본론을 넘어 결론까지 암울한 이야기로만 가득 채운다면 감동은커녕 독자를 시련에 빠뜨릴 수 있습니다. 힘들었지만, 아팠지만, 억울했지만 어떤 계기로, 어떤 마음으로 좋은 쪽으로 변화했는지를 쓰면 좋아요. 부정적인 글이나 선한 영향력과 거리가 먼 글은 무조건 쓰지 말라는 말이 아닙니다. 글 대부분이 상대에게 좋은 영향을 주면 좋겠다는 뜻이에요. 이왕이면 선한 향기를 내뿜는 글이 좋지 않을까요? 내가 쓴 글은 나 혼자만 보려는 게 아닌, 독자가 반드시 존재합니다. 음악이나 영상 매체와 마찬가지로 상대에게 영향을 주죠. 글이든 음악이든 이왕이면 선한 영향력을 뿜어내는 게 내 마음에도, 상대한테도, 더 나아가 사회에도 이롭지 않을까요?

[실행하기] 지금, 생각나는 대로 자신의 부정 키워드를 적어보세요.

예시) 죽음의 문턱, 다단계, 배신…

* 책에 노트한 내용을 사진 찍어 자신의 SNS에 올린 후, #에세이글쓰기수업 #이지니작가 #19강수업 #책추천 태그하시면 제가 직접 보겠습니다.

20강

솔직하게 나를 드러내기

EBS 〈인생 이야기 파란만장〉이라는 프로그램에서 시청자들의 사연을 받았는데, 당시 주제가 '거짓말'이었어요. 순간 블로그에 적은 글 하나가 떠올랐고, 방송 작가한테 사연으로 내밀었죠. 사연은 다음과 같아요.

17년 만에 용서를 구합니다.

"여보세요? 일주일 동안 스키장 아르바이트? 숙식 제공까지? 와우! 무조건이지!"

중학교 동창 P양이 마침 좋은 자리가 있다며 나를 찾았다. 그렇지 않아도 이번 겨울방학 때 동네 음식점에서 일하려 했는데, 꿀 같은 스키장 아르바이트 소식에 음식점 아르바이트는 찬밥 신세가 됐다. 대망의 날, 소풍을 하루 앞둔 어린아이처럼 잠도 못 이룬 채 약속 장소인 석촌역으로 향했다. 코털까지 얼어버릴 만큼 추웠지만, 일주일간 일하며 먹고 잘 생각을 하니 하와이 와이키키 해변이 부럽지 않았다. 친구가 먼저 와 있었다. 그런데, 이 싸한 기분은 뭐지?

"저기, 있잖아. 사실은…. 내가 시작한 일이 있는데, 너도 알면 좋을 것 같아서."

순진한 나는 스키장 아르바이트가 아니라는 사실에 화가 났지만, 5년의 우정을 나 몰라라 할 수 없어 그녀가 이끄는 대로 사업장에 따라 들어갔다. 맨 앞자리로 인도된 나는 강사가 분수처럼 쏟아내는 침을 맞으며 강의를 들었다. 칠판에는 생물 교과서에서 보던 피라미드가 그려졌다. 말로만 듣던 다단계였다.

사람이 잘못된 길로 가려면 눈에 뵈는 게 없다더니, 다단계임을 알면서도 그들이 말하는 그럴싸한 수익구조에 혼이 빠졌다. 강의 마지막 날은 이 사업에 함께 할지를 결정한다. 나는 돈을 많이 벌고 싶었다. 불우한 환경에서 자라진 않았지만 늘 아끼고 모으며 절약하는 엄마를 봐왔기 때문인지, 풍족하진 않아도 넉넉하게는 살고 싶었다. 그리하여, 강남역 부근 S 저축은행에서 겁도 없이 대출 신청서에 서명했다. 자본금 500만 원을 위해서다.

그렇게 경기도 성남시에 있는 옥탑방에서 합숙을 시작했다. 일주일에 한두 번은 보일러가 작동하지 않아 야간 취침을 방불케 했지만 견뎌야 했다. 얼른 돈을 벌어 성공해야 했으니까. 새벽 5시에 일어나 6시까지 출근하고, 어떻게 하면 다음 손님을 데려올지 논

의했다. 영화 〈기생충〉의 명대사처럼 이들도 계획이 다 있다. 그냥 하는 게 아니다. 드라마 작가 김수현도 울고 갈 대본 준비는 기본이다.

대상은 나보다 3살이 많은 지인 L 언니. 나를 예뻐하고 아끼던 언니는 유난히 회사에 불만이 많았다. 바로 그 점을 노려(?) 시나리오를 짰다. 내가 아르바이트하는 곳이 언니가 재취업을 원하는 '광고 회사'라 속이고, 사장님께 언니를 추천했다고 거짓말했다. 평소 쌓은 신뢰가 여기서 빛을 발하는 순간이 온 건지, 언니는 내 말만 믿고 퇴사했다.

만나기로 한 날, 사무실 근처에 있는 카페에 먼저 가서 오렌지 주스 두 잔을 주문했다. 약속을 칼같이 지키는 언니는 정각이 되자 문을 열고 나타났다. 스키장 아르바이트인 줄 알고 왔던 나처럼 신이 난 듯해 보였다. 그 마음을 누구보다 잘 알기에 미안했지만, 함께 성공하면 나를 이해해 주겠지, 싶어 표정 관리에 더욱 신경 썼다.

"언니, 사실은 내가 일하는 곳이 광고 회사가 아니야."

떨림이 입 밖으로 새어나갈까 봐 조심하며 자초지종을 설명했다. 끔찍한 진실과 마주한 언니는 정신이 반쯤 나간 상태로 멍하니 나를 쳐다봤다. '아, 올 것이 왔구나.' 나는 두려웠다.

"언니, 미안해. 하지만 언니를 속이려 나쁜 마음으로 그런 건 아니야. 잘 되고 싶어서…."

어쩜 그 순간까지도 돈독이 오른 것처럼 염장을 지르는 말만 골라냈다. 언니는 말 같지 않은 말을 들으면서도 한마디 하지 않았지만, 나에 대한 실망감은 이미 돌이킬 수 없는 듯해 보였다. 아, 차라리 앞에 놓인 주스를 내 얼굴에 붓던지, 욕이라도 시원하게 뱉으면 좋으련만…. 언니는 애써 이성을 붙잡으며 힘겹게 말을 밀어냈다.

"다 이야기했니? 그럼, 난 이만 가볼게. 그리고 지니야, 얼른 거기서 나와."

그 자리에서 언니가 건넨 처음이자 마지막 말이었다. 언니는 내게 끝까지 어른이었다. 벌써 17년이 지났다. 지금껏 언니에게 연락하지 않았다. 상대에게 죽을죄를 지은 듯한 미안함이 있다면 두려움 때문에 연락을 못 한다. 이 죄스러움이 공중 위에 흩어지는 연기처럼 사라질 줄 알았다. 하지만 시간이 지날수록 짙어진다. 손가락 깊숙이 박혀 빠지지 않는 가시처럼 미세한 고통이다. 500만 원 다단계의 최후는 생각보다 아프다. 시간과 돈을 잃은 것보다, 신뢰로 쌓인 관계가 한순간에 무너질 수 있음이 잔인하다.

불법 다단계, 절대로 빠져서는 안 됨을 누구보다 잘 안다. 당시엔 속일 수밖에 없었지만, 상대를 이용할 생각은 없었다. 함께 잘되고 싶었다. 같잖은 말로 잘못을 포장하려는 건 아니다. 내 인생에 그저 그런 사람, 속여도 되는 사람이라서가 아니다. 물론, 입이 열 개라도 나는 할 말이 없고, 해서도 안 된다. 언니에게 씻을 수 없는 상처를 남겼으니까. 이 글로나마 언니에게 진심으로 용서를 구하고 싶다.

"언니에게 나는, 다시는 기억하고 싶지 않은 사람이겠죠. 철없던 내 과거를 이해해달라고는 안 할게요. 다만, 17년이 지난 지금까지 한순간도 잊지 못합니다. 염치없지만 지면을 빌려 마음을 다해 용서를 구해요. 내가 정말 잘못했어요…."

며칠 후 담당 작가한테 전화가 왔습니다. '거짓말'이라는 주제와 너무나 어울리는 사연이고 무엇보다 굉장히 솔직한 글이라 마음에 든다고 하더라고요. 그러면서 방송국 스튜디오에 직접 와서 녹화에 참여할 수 있느냐고 묻더군요. 방송 작가의 제안에 뛸 듯이 기뻤습니다. 드디어! 17년 만에 L 언니한테 공개적으로 사과할 수 있으니 말이에요. 그런데 세상에…. 당시 저는 임신 35주 차였고, '코로나19' 상황이 심각할 때였습니다. 아쉽게도 녹화에 참석할 수 없었습니다. 지금 생각해도 너무나 아쉬워요.

다시 내용으로 돌아와서, 글을 쓰고 싶어 하지만 나를 드러내기 꺼리는 분들이 종종 있습니다. 하지만 내 이야기가 빠진다면 그야말로 속 빈 강정, 단무지 없는 김밥과도 같죠. 관념적으로 뻔한 글을 많이 쓰지만, 이런 글에는 큰 힘이 없어요. (시간은 금이다, 실패 없는 성공은 없다 등과 같은) 독자가 좋아하는 글에는 공통점이 있어요. 글쓴이 자신의 이야기가 구체적이고 솔직히 드러나죠. 무엇보다! 솔직한 글을 쓸 수 있다는 건 나 자신을 사랑한다는 증거이기도 하고요.

솔직하게 나를 드러낼 때 비로소 독자와 소통할 수 있습니다. 소통되는 순간 독자는 감동하죠. 창피하고 부끄럽다는 생각에 과거를 회피하고 싶고, 현재의 화려한 모습만 보여주고 싶다면 독자는 점점 내 글을 멀리할 거예요. 우리 모두에게는 특별한 이야기가 있습니다. 세상에 누구도 똑같은 삶을 산 사람은 없으니까요.

글쓰기는 결국 공적인 영역, 남에게 보여주기 위한 것이다. '다른 사람들이 내 글을 어떻게 생각할까? 이런 말을 써도 되는 걸까?'라는 고민을 하는 것도 남이 보게 될 경우를 상상하기 때문이다. 타인의 시선에서 완벽하게 자유로울 수 있는 사람은 없다. 그래서 주저하거나 두루뭉술한 표현으로 애매한 글을 만들거나 관념적이고 추상적인 글 속에 숨기도 한다. 하지만 솔직한 자신과 대면할 수 있을 때 비로소 '나'라는 미지의 수를 탐험할 수 있게 된다.

- 최영인, 칼럼 〈글을 '잘' 쓰고 싶은 당신에게〉

21강

단순한 문장에
생기를 불어넣어
주세요

"내가 쓴 글은 왜 이렇게 심심하지?"
"문장력이 좋아지려면 어떻게 해야 하지?"

라고 고민하는 학우님을 위해 마련한 시간입니다. 문장력 향상에 도움이 될 테니 이 시간을 끝까지 함께해주세요.

초고를 쓸 때는 머릿속에 있는 생각을 가감 없이 활자화하기 때문에 멋진 문장이 나오기 힘들더라고요. 있는 그대로의 단순한 문장을 쓸 뿐입니다. 하지만 글을 고쳐 쓸 때는 무미건조해 보이는 문장을 수정하죠. 학우님이 쓴 글이 심심해 보이거나, 문장력이 약하다고 생각된다면 이렇게 해보세요! 어떻게? 단순한 문장에 생기를 불어넣기!

자! 방법은 이렇습니다. 단순한 문장에 상황이나 수식을 추가해 생기있게 바꾸는 거예요. 예시를 보며 알아보겠습니다.

거리에 꽃이 피었다.
➡ 햇빛이 비치는 거리에 꽃이 피었다.
➡ 햇빛이 비치는 거리에 장미와 튤립이 피었다.
➡ 인적이 드문 거리에 노란 개나리가 고개를 내밀었다.

아이가 놀고 있다.

➡ 두 돌 정도 된 아이가 놀고 있다.

➡ 두 돌 정도 된 아이가 놀이터에서 엄마와 놀고 있다.

➡ 초등학교 저학년으로 보이는 여자 아이가 바닷가에서 모래성을 쌓고 있다.

짜증이 났다.

➡ 애써 참았던 짜증이 폭발했다.

➡ 참을 '인'자를 가슴에 새기기도 전에 짜증이 났다.

어때요? 단순한 문장에 생기를 불어넣으니 완전히 다른 느낌의 글이 됐죠? 같은 '거리'와 '꽃'일지라도 어떤 상태의 어떤 거리, 꽃인지를 넣어준다면 문장의 느낌이 달라집니다. 상황을 어떻게 표현하느냐에 따라 전혀 다른 느낌의 문장이 되죠. 문장력이 있고 없고의 차이는 이렇게 '한 끗 차이'네요. 다양한 문장을 만들면 문장력이 좋아지는 건 당연할 테죠. 이제는 학우님 차례입니다. 어떤 상황인지를 상상하며, 다양한 수식어를 더해 봐요.

[실습 1] 비가 내린다.

- 어떤 상황에서 어떤 비가 내리는 걸까요?

나만의 문장 ....

....

나만의 문장 ....

....

[실습 2] 소름이 끼쳤다.

- 소름이 끼치는 상황도 여러 가지죠. 풍부한 표현을 고민해 봐요.

나만의 문장 ....

....

나만의 문장 ....

....

22강

영화를 보듯 생생하게

에세이라고 하면 독자의 마음을 두드리면 좋겠죠? 아니, 두드려야죠? 그렇다면, 마음을 두드리는 글이란 뭘까요? 학우님이 생각하는 마음을 두드리는 글이란 무엇인지 생각해 봐요. 음, 저도 말해볼게요. 제가 생각하는 마음을 두드리는 글이란 글쓴이가 기뻐서 쓴 글이라면 독자도 같이 기뻐해야 한다고 봐요. 반대로, 슬퍼서, 억울해서, 분해서 쓴 글이라면 독자도 같은 기분을 느끼는 글이요. 물론 100% 공감은 어려울 수 있죠. 하지만 글쓴이가 느낀 감정을 독자도 어느 정도 느끼는 글이 마음을 두드리지 않을까요? 한마디로 독자에게 생동감을 불러일으키는 글이죠. 글쓴이의 상황이나 감정이 고스란히 드러난 글이 어떻게 쓴 글인가 생각하니, 구체적으로 쓴 글이더라고요.

그럼, 구체적인 글이란 뭘까요? 영상을 보듯 생생한 글이 아닐까요? 나는 분명 글자를 보고 있는데 머릿속에서 상상이 잘 되는 글 말이에요. 자세히 말하면, 독자의 오감(후각, 청각, 촉각, 미각, 시각)을 자극하는 글이죠. 거두절미하고 실습 한번 해볼게요.

1. 10년 전, 친구한테 받은 선물이 가장 기억에 남는다.
2. 출근하기 2시간 전에 새벽 강의를 들었다.
3. 마트에서 산 우유가 집에 와서 보니 유통기한이 지난 거였다.

어때요? 위 문장을 읽자마자 머릿속에서 상상이 잘 되고, 오감 중 어느 하나라도 명확히 느껴지나요? 아마도 "아니요, 상상되긴 해도 좀 두루뭉술해요."라는 답변이 많을 거예요. 그렇습니다! 학우님이 느끼는 그 '두루뭉술한 부분'을 수정하면 돼요. 10분의 시간을 드릴게요. 위 문장을 상상이 잘 되는, 구체적인 글로 수정해 보겠습니다.

나만의 문장 ....

....

....

나만의 문장 ....

....

....

나만의 문장 ....

....

....

제가 가져온 예시를 보고, 학우님이 수정한 글과 비교해 보세요.

1. 대학교 절친 A 양에게 10년 전 내 생일 선물로 받은 '투명 독서대'가 가장 기억에 남는다.

위 문장에서는 '친구한테 받은 선물'을 수정하시면 좋습니다. 단순히 선물이라고 하는 것보다, 어떤 선물인지를 구체적으로 밝힌다면, 독자가 상상하기 좋겠죠. 만약 '커피잔'이라고 쓰셨나요? 그렇다면, 어떤 모양의, 어떤 색과 무늬의 커피잔인지까지 쓰면 좋을 듯해요. 단순히 커피잔이라고 하면 독자가 어떤 커피잔인지 상상할 수 없으니까요.

2. 매일 새벽 6시 10분마다 회사 근처 학원에서 중국어 강의를 들었다.

위 문장에서는 '새벽 강의'를 수정하시면 좋습니다. 강의의 종류가 한두 개가 아니죠. 부동산 강의, 영어 강의, 힐링 강의, 동기부여 강의, 각종 자격증 강의 등 많잖아요. 글쓴이가 새벽에 일어날 만큼 꼭 들어야 하는 강의가 뭔지 독자들도 궁금할 거예요.

3. 마트에서 산 우유가 집에 와서 보니 유통기한이 5일이나 지났다.

위 문장에서는 '유통기한'을 적어주면 좋습니다. 막연히 오래됐다, 지났다는 말보다 5일 지났다고 수치화하면 독자들이 훨씬 잘 이해하겠죠. 오래된 우유의 시큼한 냄새도 자연스레 상상될 수 있고요. 3번 문장에서는 꼭 수치화하지 않아도 기한이 지났음을 표현할 수 있습니다. 어떻게 쓰면 될까요?

마트에서 산 우유가 집에 와서 뜯어 보니 요플레였다.

조금 과장된 표현일 수 있지만 수치화하지 않고도 오래 지났다는 표현을 쓰는 방법을 말씀드리고 싶었습니다. 혹은, 마트에서 산 우유가 어느새 통통해졌다, 마트에서 산 우유를 뜯어 보니 시큼한 냄새가 코를 찔렀다, 등으로도 오래된 우유를 표현할 수 있죠. 다른 문장 보겠습니다.

1. 이번 시험이 어려워서 안 좋은 점수가 나올 것 같다.
2. 동네 카페에 가서 커피 한 잔을 주문했다.
3. 영화를 봤는데 너무 길었지만 재밌었다.

위 문장 역시 읽자마자 머릿속에서 상상이 잘 되고, 오감 중 어느 하나라도 강하게 느껴지나요? 아마도 좀 전처럼 "두루뭉술해서 명확한 상상이 어려워요."라는 대답이 많을 거예요. 10분의 시간을 드릴게요. 위 문장을 상상이 잘 되는, 구체적인 글로 수정해 보겠습니다.

나만의 문장 ....

....

....

나만의 문장 ....

....

....

나만의 문장 ....

....

....

이번에도 제가 가져온 예시를 보고, 자신이 수정한 글과 비교해 보세요.

1. 승진하려 토익 시험에 응시했는데, 난이도가 높아 700점을 넘지 못할 듯하다.

'안 좋은 점수'가 어느 정도인지는 글을 쓴 나만 아는 것입니다. 글을 쓴 사람의 실력이나 수준에 따라 다르기 때문이죠. 누군가는 100점 만점 중 90점이면 높은 점수라고 여기겠지만 누군가는 50점만 받아도 만족하기 때문이에요. 글을 쓴 자신의 기준을 구체적으로 글에도 알려야, '아, 너무 어려웠나 보다'라고 독자가 느낄 수 있어요. 이 문장 역시 꼭 숫자로 기재하지 않아도 됩니다. 가령, '분명 시험지를 받았는데, 시험 문제가 온통 검은색 지렁이로만 보였다', '수학 시험 시간이 45분인데, 모든 문제를 푸는 데는 5분이 채 걸리지 않았다' (문제가 어렵거나, 몰라서 찍었다는 뜻이죠) 독자가 느꼈을 때 '너무 어려웠구나' 혹은 '정말 쉬웠구나'라는 느낌을 오롯이 느낄 수 있는 문장을 써야 좋습니다.

2. 동네 카페에 들러 가장 좋아하는 바닐라 라테 한 잔을 주문했다.

여기서는 '마실 것'에 대한 수정입니다. 단순히 커피라고 하는 것보다, 커피에도 종류가 많으니, 바닐라 라테인지, 아포가토인지, 얼음이 잔뜩 들어있는지 등을 써준다면, 독자의 후각은 물론 미각까지 건드릴 수 있겠죠. 주스라고 해도 마찬가지입니다. 오렌지, 키위, 자몽, 수박…. 종류가 굉장히 많잖아요. 아시죠?

3. 영화 〈타이타닉〉의 상영 시간이 3시간 30분인데, 마치 10분처럼 빠르게 흘렀다.

이 문장에서는 '어떤 영화'를 봤는지와 '너무 길었지만'에 대한 수정입니다. 영화에 대해 실컷 이야기해 놓고 결국 어떤 영화인지 알리지 않은 글을 종종 봅니다. 환장할 노릇이죠. 나도 그 영화 보고 싶은데, 글쓴이가 알려주지 않으니 얼마나 답답해요. 흑흑. 어떤 영화나 프로그램을 봤는지, 어떤 책을 읽었는지, 어떤 노래를 들었는지 등을 잊지 말고 적어 주세요. 그리고 또 하나! 요즘 영화의 상영 시간은 보통 2시간에서 3시간 이상도 됩니다. 하지만 단순히 '너무 길었지만'으로 흐릿하게 명시하는 것보다, 상영 시간을 적어주면 좀 더 느낌이 살지 않을까요? 이 문장에서도 꼭 숫자를 기재하지 않고도, 너무 길었지만, 을 표현할 수 있어요. 어떻게요? 가령, 등에서 비가 내린 줄도 모르고라는 표현을 쓸 수도 있겠죠. 영화가 길다 보니 좌석에 앉은 시간마저 길 테고, 등을 붙여 앉아 있는 시간이 길수록 등에서 흐르는 땀을 비가 내린다고 표현할 수 있겠죠. 혹은 '해를 보고 극장에 들어갔지만, 나올 때는 달이 고개를 내밀고 있었다'라는 표현은요? 그만큼 오랜 시간 동안 상영했음을 알 수 있죠.

여기서 이런 질문을 하는 학우님이 계실 수 있어요. "영화 상영 시간을 어떻게 아나요?"라고요. 글을 쓸 때는 필요에 따라 검색해야 합니다. 영화 상영 시간뿐만 아니라, 서울에서 부산까지의 실제 거리, 산 높이 등을 모를 때는 검색하면 좋아요. 실제로 실습 문장에 필요한 영화 〈타이타닉〉의 상영 시간을 인터넷에서 검색해서 알아내는 데는 5초도 걸리지 않았습니다. 우리의 분신인 스마트폰을 십분 활용하세요!

글을 쓸 때, 저를 포함한 많은 사람이 '높다, 길다, 짧다, 오래 걸린다, 멀다….' 등으로 쓰고 있어요. 글에 쓴 '그 대상'을 직접 보거나 가거나 먹거나 느낀 사람만 아는 말들입니다. 그렇죠?

> 우리 집에서 어린이집까지는 아이가 걸어서 가기엔 너무 멀어서 유모차에 태워 등·하원한다.

윗글도 구체적인 정도를 나만 알고 있는 글이죠. 문장 자체가 틀린 건 아니지만, 독자가 단번에 이해한다거나, 마음에 와닿는 수준은 아니에요. 수치화할 수 있는 건 되도록 숫자로 바꿔 주세요. 이렇게요.

우리 집에서 어린이집까지는 성인 여자 걸음으로 왕복 30분 정도 걸려서 두 돌 된 아이를 유모차에 태워서 등·하원한다.

노파심에 한 말씀 더 드릴게요. 우리는 지금 구체적으로 쓰는 실습을 해야 해서 여기에 나온 모든 문장을 수정했지만, 학우님이 쓰는 글의 모든 문장을 구체적으로 쓸 필요는 없습니다. 내가 쓰는 글의 주제를 기억하고, 구체적으로 적어야 할 부분은 좀 더 신경을 쓰면 좋겠다는 거예요. 그림을 그릴 때도 명암이란 걸 넣듯이 말이에요.

23강

독자는 모호한 글은 싫어해요

글을 쓸 때 우리는 모호한 표현을 무지하게 많이 씁니다. 아니라고요? 에이, 설마….

좋은 사람, 좋은 나라, 기분 좋은 칭찬, 피하고 싶은 사람, 안 좋은 장소….

어때요? 우리가 자주 쓰는 표현 아닌가요? 무의식적으로 쓰는 이런 표현들은 나만 아는 내용이죠. 모호한 표현을 구체적으로 써야 독자가 쉽게 이해할 수 있고, 독자의 마음에 가닿을 수 있다는 사실을 저도 예전에는 몰랐습니다. 모호한 표현을 글에 엄청나게 집어넣었죠. 하지만 이제는 아닙니다. 되도록 내용을 풀어서 써요. 그래야 독자가 훨씬 이해하기 쉽고, 내가 느낀 감정을 함께 느낄 수 있거든요. 바로 실습해 볼게요!

실습 1 글쓰기 과제를 제출한 후 선생님의 칭찬에 잠을 이루지 못했다. '책 출간'의 꿈이 현실이 될 수 있겠다는 생각에 힘이 났다.

여기서 모호한 부분이 어디죠? 네, 맞습니다. '선생님의 칭찬'이죠? 칭찬이라면 글을 잘 썼다는 얘기인데, 단순히 잘 썼다는 말로는 독자의 마음을 깊이 건드리기는 어렵지 않을까요? 어떤 칭찬을 받았길래 잠을 이루지 못했는지, 이 부분을 수정해 보겠습니다. 10분 드릴게요!

나만의 문장 ....

....

....

....

글쓰기 실력을 제대로 업그레이드하고 싶다면, 제가 직접 점검해 드릴 수는 없지만 무조건 실습해야 합니다. 눈으로만 보는 것과 손으로 직접 써 보는 경험은 확연히 다르니까요. 지금 당장은 그 차이를 못 느껴도, 한두 달, 반년, 일 년의 차이는 실로 엄청납니다. 다시 돌아와서!

1. 선생님의 "글의 구성이 정말 좋네요!"라는 칭찬에 잠을 이루지 못했다.
2. 선생님의 "글을 구체적으로 써서 생동감이 느껴져요!"라는 칭찬에 잠을 이루지 못했다.
3. 선생님의 "그동안 어디에서도 보지 못한 콘셉트네요. 정말 신선해요!"라는 칭찬에 잠을 이루지 못했다.

이 외에 다양한 칭찬이 나올 수 있겠죠. 하나 더 해볼게요.

실습 2 회사 상사 때문에 입사한 지 6개월 만에 퇴사했다. 재취업 한 곳에서는 부디 좋은 상사를 만났으면 좋겠다.

무슨 일이 있었길래 취업난이 심한 요즘(이전에도 심했지만) 입사한 지 6개월 만에 퇴사했을까요! 그런데 이 문장에서 모호한 부분이 어디죠? 네, 맞습니다. '좋은 상사'죠. 좋은 상사란 어떤 상사일까요. 다시는 만나고 싶지 않은 상사는 어떤 상사죠? 윗글처럼 그저 좋은 상사를 만나고 싶다고만 쓴다면 독자는 글자 자체만 읽을 뿐, '정말 좋은 상사를 꼭 만났으면 좋겠다!'라는 응원의 마음은 들지 않을 거예요. 이 부분을 수정해 보겠습니다. 10분 드릴게요!

나만의 문장 ....

....

....

....

....

....

1. 재취업한 곳에서는 부디 '주말에 연락하지 않는 상사'를 만났으면 좋겠다.
2. 재취업한 곳에서는 부디 '작은 성공에도 칭찬을 아끼지는 않는 상사'를 만났으면 좋겠다.
3. 재취업한 곳에서는 부디 '공과 사를 칼처럼 구분하지 않는, 인간미 느껴지는 상사'를 만났으면 좋겠다.
4. 재취업한 곳에서는 부디 '자기 일을 후임에게 떠넘기지 않는 상사'를 만났으면 좋겠다.

이외에 여러 내용이 나왔을 것 같아요. 어때요? 좋은 상사 혹은 싫은 상사를 구체적으로 쓰니까 글의 느낌이 달라지지 않나요? '아, 맞아! 나도 저런 상사 정말 싫어!', '정말 저런 상사를 만나면 매일 회사에 가고 싶을 것 같아.'라는 느낌이 팍팍!

내가 쓴 '좋은, 안 좋은, 칭찬' 등의 모호한 표현의 뜻을 독자가 짐작할 수 있다고 해도 구체적으로 언급해 주면 독자의 마음에 더욱 와닿는 글이 됩니다. 머릿속으로 짐작만 하는 것과 활자를 내 두 눈으로 직접 보고 느끼는 건 마음에 가닿는 데부터 차이가 나니까요.

[깨알 팁] 구체적인 글쓰기가 습관이 된 학우님은 22강과 23강 수업이 어렵지 않았을 테지만, 그렇지 않은 학우님은 부담스러웠을지도 몰라요. 그래서 준비했습니다! 구체적인 글을 쓰기 위한 준비운동이요. 저도 처음에는 글을 구체적으로 쓰지 못했어요. 그러던 중에 실생활에서부터 연습해야겠다는 생각이 들더라고요. 누군가와 대화할 때 혹은 메시지(카톡)를 보낼 때, SNS에 댓글을 쓸 때부터 구체적으로 쓰는 습관을 들이게 됐죠.

"○○ 님, 오늘 글도 정말 좋아요!" (칭찬)
"○○ 님, 기분 안 좋으셨겠어요, 토닥토닥…." (위로)
"○○ 님, 저도 어제 신포 닭강정 먹었어요! 아주 맛있어요!" (공감)

상대방이 건네는 칭찬, 위로, 격려, 공감 댓글에 그저 "감사해요!"라고만 하시나요? 더욱 구체적인 언급으로 상대에게 친근하게 다가가 보세요.

"○○ 님, 오늘 글도 정말 좋아요!"
➡ "○○ 님, 제 글이 늘 좋다고 칭찬해 주셔서 정말 감사해요!"
➡ "매번 주시는 ○○ 님의 칭찬에 글 쓸 힘이 납니다, 고마워요!"

"○○ 님, 기분 안 좋으셨겠어요, 토닥토닥…."

➡ "○○ 님, 위로해 주셔서 고맙습니다."

➡ "우울했는데, ○○ 님의 위로로 기분이 한결 나아졌어요, 감사해요!"

"○○ 님, 저도 어제 신포 닭강정 먹었어요! 아주 맛있어요!"

➡ "○○ 님도 닭강정 드셨구나! 정말 맛있죠? 어제도 먹었는데 또 먹고 싶네요~"

➡ "같은 날, 같은 음식을 먹어도 그냥 지나칠 수 있는데, 이렇게 댓글 남겨 주셔서 감사해요."

"에이, 별거 아닌데요?"라고 생각하나요? 네, 무슨 일이든 별것 아닌 듯해 보이는 것부터 시작해서 목표가 생기고 더 나아가 꿈을 이루게 되잖아요. 글쓰기도 하루 한 줄 한 줄 꾸준히 쓰다 보면 긴 글도 잘 쓰게 되는 것처럼 말이에요.

24강

단팥빵은 알겠는데
브리오슈는 뭐지?

난 아침, 점심, 저녁 모두 빵만으로 살 수 있다. 부들부들한 브리오슈 페스츄리를 특히 좋아한다.

위 문장을 읽자마자 이해가 잘 되나요? 이해가 되지 않는다면 그 부분이 어디죠? 아마도 '브리오슈 페스츄리'일 겁니다. 브리오슈 페스츄리? 이게 하나의 빵 이름인가요 아니면 두 개의 빵 이름을 각각 나열한 건가요? 글을 쓸 때 실수하는 부분이 바로 여기입니다. 나만 알고 있는 글을 쓴다는 거예요. 물론 빵을 좋아하는 분들은 이름도 척척 잘 알겠지만 대부분은 잘 몰라요. 위 문장을 아래처럼 바꾸면 어떨까요?

난 아침, 점심, 저녁 모두 빵만으로 살 수 있다. 부들부들한 '브리오슈'와 '페스츄리'를 특히 좋아한다.

어때요? 빵 이름은 잘 몰라도, 누가 봐도 두 개의 빵을 각각 나열했다는 걸 쉽게 알 수 있죠. 그렇다면, 여기서 끝인가요? 아니죠, 한 번 더 수정하겠습니다.

난 아침, 점심, 저녁 모두 빵만으로 살 수 있다. 버터와 달걀을 듬뿍 넣어 고소하고 약간의 단맛이 나는 '브리오슈'와 여러 겹의 얇은 층과 결이 생기도록 반죽하여 만든 '페스츄리'를 특히 좋아한다.

이렇게 각 빵의 특징을 적으면 더욱 좋습니다. 글 주제가 '빵'이기도 하고, 이 빵의 맛을 잘 모르는 사람이 있을 수 있으니 한 줄 정도로 빵을 설명하면 좋겠죠. 이렇게 쓰면 독자의 미각은 물론 시각과 후각까지 자극하니 와닿는 글이 될 수밖에 없을 거예요.

"네, 알겠습니다. 그런데요, 빵 설명을 글로 어떻게 써요?"라는 질문을 하는 학우님이 계실까 봐 말씀드려요. 우리에겐 뭐가 있지요? 세상에서 가장 친절한 검색창이 있습니다. 검색창에 '브리오슈'와 '페스츄리'를 각각 입력하니,

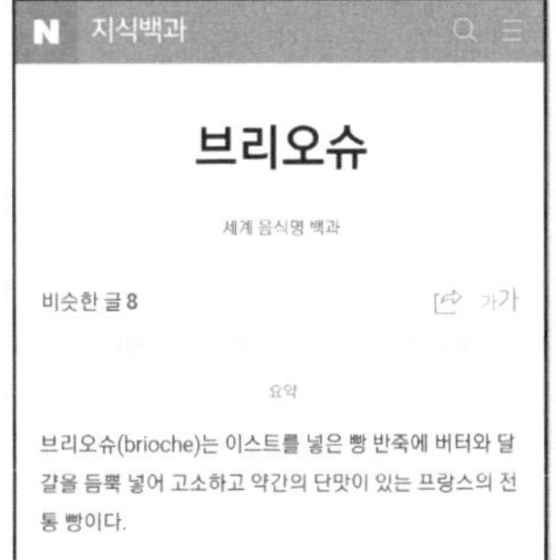

이렇게 나오네요. 여기에 나온 빵 설명을 나만의 언어로 바꾸면 됩니다. 만약 토시 하나 안 틀리고 똑같이 글에 싣고자 한다면, 출

처를 적어주세요. 내가 잘 안다고 해서 독자도 잘 알 거란 생각을 버려야 합니다. 여행지에 관한 글도 마찬가지죠. 그 나라의 음식이나 지역, 장식품 등도 여행을 가본 사람만 알 수 있을지 몰라요. 그리고 영어나 중국어, 일어 등의 외국어도 반드시 우리 말 해석을 적어줘야 하고요. IT나 경제, 부동산, 패션, 그림 등의 분야 글이라면 전문 용어가 나옵니다. 쉬운 단어를 선택하거나, 따로 설명을 적어주면 그 분야의 전문가가 아니어도 독자가 쉽게 이해하고 더 재밌게 글을 읽을 수 있겠죠.

독자가 글을 읽을 때, 한 문장 한 문장 이해가 잘 돼야 좋은 글입니다. '가만, 이게 지금 무슨 말이지? 어떤 뜻이지?'라고 하면서 앞 문장으로 되돌아가거나 머릿속에 궁금증을 일으키지 않게 하는 글이요. 물론, 독자에게 생각의 문을 열어두는 글은 제외입니다. 글을 쓰는 나는 모든 상황이 이해되고 설명이 필요 없겠지만, 독자를 위해 친절하게 써야 합니다.

25강

똑같은 감정 표현은
재미없죠

얼마 전, 저녁 식사 후 아파트 단지 앞 공원엘 갔어요. 나온 지 몇 분이 지났을까요? 제 옆을 지나가던 초등학교 저학년으로 보이는 남자아이가 "아빠! 하늘에 금이 갔어요!"라고 하는 거예요. 아이의 말이 귓가에 꽂히자마자 자동으로 고개가 들렸죠.

세상에…. 금이 간 하늘의 모습이 눈앞에 펼쳐졌습니다.

글쓰기 수업을 진행할 때마다,

"특히 비유나 묘사를 쓸 때는 아이의 눈과 마음을 장착하셔요. 특별한 시선으로 사물을 본다면, 오직 나만의 문장이 될 테니까요."라고 하는데요. 산책에서 스친 남자아이의 말 한마디에, 아이의 시선은 역시 당해낼 재간이 없음을 (또) 느꼈습니다.

학우님, 책을 읽을 때 '아, 정말 비유가 찰떡이네.' 혹은 '이 글귀는 필사하고 싶네.'라고 생각한 적 많죠? 왜 그런 생각이 들었을까요? 누구나 쓰는 표현이 아닌, 글쓴이만의 독보적인(?) 표현이기 때문일 거예요.

맛있다, 좋다, 멋지다, 예쁘다, 밉다, 행복하다, 슬프다, 꿈만 같다, 열이 받는다….

아직도 누구나 쓸 수 있는 표현으로만 글을 쓰나요? 이번 수업 시간에는 오직 나만이 쓸 수 있는 특별한 글쓰기를 해볼게요. 먼저, 이해를 돕기 위해 한국인이라면 누구나 다 아는 표현을 가지고 왔습니다.

이 집 로제 파스타가 정말 맛있다.

라는 문장이 있어요. '맛있다'라는 누구나 쓸 수 있는 표현이잖아요. 식상하지 않고, '살이 있는' 표현으로 바꾼다면, 글이 훨씬 생동감 있지 않을까요? 이렇게요.

이 집 로제 파스타는 둘이 먹다가 하나 죽어도 모를 맛이다.

얼마나 파스타가 맛있으면, 같이 먹는 사람한테 무슨 일이 생겨도 모르죠? '맛있다'라는 형용사를 둘이 먹다가 하나 '죽어도'라는 동사로 표현했습니다. 이거예요! 우리는 이것만 기억하면 됩니다. 나만의 비유나 묘사를 쓰고 싶다면, 누구나 쓸 수 있는 형용사를 나만 쓸 수 있는 통통 튀는 동사로 바꿔 주세요. 제 책 『무명작가지만 글쓰기로 먹고삽니다』에서 좀 더 예시를 가져올게요.

초고 문장 축 처진 몸을 힘겹게 일으켜 동네 서점에 갔다.

초고를 쓸 때는 머릿속에 생각나는 대로 쓰다 보니 비유고 뭐고 신경을 거의 안 써요. 그러다가 퇴고할 때 단순한 표현 같다 싶으면 수정합니다. 위 문장도 그랬어요. '축 처진 몸을 힘겹게 일으켜'라는 표현은 누구나 쓸 수 있다고 생각했어요.

퇴고 문장 나사 빠진 몸을 간신히 조이고 동네 서점에 갔다.

축 처진 몸을 '나사'로 바꿨더니, 몸을 힘겹게 일으키는 건 '간신히 조이다'라는 표현이 어울리겠더라고요. 결국, '힘들다'라는 형용사를 '조이다'라는 동사로 바꾸니 나만의 문장이 탄생했어요. 다음 문장입니다.

초고 문장 그의 멋진 필력이 부럽다.

저는 이병률 작가님의 글을 좋아합니다. 처음 작가님의 글을 읽었을 때는 많이 놀랐어요. 누가 쓴 줄 모르고 글 먼저 읽었는데, 여성 작가가 쓴 줄 알았거든요. 글이 감성적이고, 예뻐서요. 그렇다고 오글거리지는 않는, 이성의 끈을 놓지 않은 그의 글이 저를 사로잡았습니다. 읽다 보니 점점 그의 필력이 부럽더라고요. 닮고 싶을 정도로요. 초고를 쓸 때는 막연하게 '그의 멋진 필력이 부럽다'라고 썼죠. 그러곤, 퇴고할 때 수정했습니다.

퇴고 문장 그의 근사한 글귀를 훔치고 싶다.

'부럽다'라는 형용사를 '훔치다'라는 동사로 바꿔 표현했습니다. 실제로 글귀를 훔칠 수는 없죠. 어딘가 시적인 느낌, 감성적인 느낌이 솔솔 풍기지 않나요? 마지막 문장이에요.

초고 문장 내게 '매일 글쓰기'란 아직도 어렵다.

역시나 누구나 쓸 수 있는, 평범한 문장이죠. 이렇게 바꾸면 어떨까요?

퇴고 문장 내게 '매일 글쓰기'란 하루에 1ℓ 이상의 물 마시기만큼이나 어렵다.

실제로 저는 매일 글다운 글을 쓰는 게 어렵습니다. 핑계라면, 만 3세, 만 1세 아이를 양육하고 있고, 살림에 강의 준비에, 차기작 준비에, 독서와 글쓰기까지…. 몸이 하나 더 있으면 얼마나 좋겠냐고 늘 마음속으로 외쳐요. 매일 글을 쓰는 게 어느 정도로 어려운지를 생각해 봤어요. 바로 이거였습니다. 저는 물을 지독하게 안 마십니다. 우리 몸의 보약은 밥 그리고 물이거늘. 하루에 500㎖라도 마시면 많이 마신 겁니다. 흑흑. 여하튼 1ℓ 이상의 물 마시기만큼이나 매일 글쓰기가 어렵다고 표현해 봤어요.

이제는 학우님 차례입니다. 나만의 표현을 마음껏 표출해 봐요!

실습 1 그날따라 시간이 더디게 가는 듯했다.

여행을 가기로 했나? 공모전 발표하는 날인가? 퇴사하는 날인가? (하하) 무언가를 기다리면 시간이 더 안 가는 것 같지 않아요? 어차피 하루는 24시간이고, 1시간은 60분인데 말이죠. 시간이 안 가는 날을 떠올리며 학우님만의 표현을 써 봐요.

나만의 문장 ....

....

....

....

....

실습 2 겉으로 티는 안 냈지만, 기분이 정말 좋았다.

수업 시간에, 회의 시간에, 도서관에서…. 기다리던 공모전 발표에 내 이름이 딱! 꺄악~. 하지만 소리 내어 기뻐할 수 없는 상황입니다. 예전 '코로나19'가 극심했던 때에 한 학우님의 답변이 기억에 남네요. "겉으로 티는 안 냈지만, 마스크 사이로 삐져나온 입꼬리는 숨길 수 없었다." 그렇다면 학우님은?

나만의 문장 ....

....

....

....

....

실습 3 미용실 방문은 1년에 손꼽을 정도로 적다.

위에 제가 드린 예시 중 마지막 문장과 비슷하네요. '내게 매일 글쓰기란 어렵다'처럼 나만의 습관이나 보편적인 행위 등을 비유로 넣어 멋진 문장을 만들어 봐요.

나만의 문장 ....

....

....

....

....

나만의 비유, 묘사를 하려면?

평소에 관찰력이 뛰어난 사람이 비유, 묘사 표현을 잘하더라고요. 참고로 저는 관찰력 제로입니다. 그래서 비유나 묘사 표현이 있는 글을 필사하거나 소리 내어 읽어요. 그리고 메모도 잊지 않습니다. 관찰과 메모! 기억하자고요.

26강

글에 힘을 실어주는
인용과 대사 그리고 명언

제가 예언 하나 할게요. 학우님이 앞으로 읽을 책의 공통점이 있습니다. 바로! 책에는 반드시 인용구가 있다는 사실이에요. 자신의 이야기만으로도 얼마든지 글을 쓸 수 있다고 해도 인용구의 힘을 무시할 수 없죠. 인용구야말로 내 글에 힘을 실어주는 고마운 녀석이기 때문입니다. 이미 잘하고 계실지 모르지만 학우님이 책을 읽을 때도 마음에 와닿는 글귀, 현재 내 마음 상태를 찰떡같이 알아주는 글귀 등 어떠한 것이든 기록해 놓으세요. 그리고 학우님의 생각을 그 글에 추가해서 가감 없이 적길 바랍니다. 내 마음에 와닿는 글귀 즉 인용구가 있다면, 자신의 이야기를 더욱 솔직하게, 술술 표현할 수 있을 테니까요.

인용구나 대사, 명언 모으는 팁

1. 인용구

평소에 책을 읽다가 담고 싶은 문장이 있으면 블로그나 글 창고에 적어두세요. 훗날 인용구를 찾을 때 시간과 에너지를 줄일 수 있습니다. 한 편의 글에 넣을 인용구를 찾기 위해 도서관이나 서점에 가서 책을 하나하나 뒤적일 건가요? 그렇게 하기에는 우리의 시간과 에너지가 아깝잖아요. 책 서평을 쓰라는 게 아닙니다.

단순히 인용구를 모으기 위함입니다. 담고 싶은 문장에 내 생각을 한두 줄 정도 적어놓으면 추후 필요한 인용구를 찾기가 쉽습니다.

마음에 와닿는 구절 :

사람들이 많이 하는 착각 중 하나는 탁월한 사람이 애초부터 무언가를 잘했을 것이라고 생각한다는 점이다. 물론 그런 사람도 있겠지만, 대부분은 끊임없는 반복을 통해 인고의 시간을 거쳐서 재능이란 꽃을 피우고 탁월함이란 열매를 맺은 것이다.

- 신영준, 주언규, 『인생은 실전이다』

내 생각 :

지난 며칠 동안 나는 책상에 한 번도 앉지 않았다. 육아는 핑계인 듯하고…. 아무것도 하고 싶지 않은 귀차니즘이 발동한 까닭이다. 덕분에(?) 인스타그램이나 블로그 등도 거의 보지 않았다. 보게 되면 분명…. '아, 다들 열심히 사는데, 한 발씩 나아가는데 나만 뒤처지는구나….'란 생각에 자존감이 바닥을 쳐서 지하까지 뚫을 게 뻔하기 때문이다. 오늘부터 다시 일어서련다. 재능이란 꽃을 피우고 탁월함이란 열매를 맺기 위해서는 결국 꾸준함과 반복만이 답이니까!

2. 대사

평소에 드라마, 영화 줄거리나 인상적인 대사를 적어두면 사례로 쓸 수가 있습니다. 저는 OTT 서비스 중 넷플릭스가 나온 후부터 티브이보다는 넷플릭스로 다양한 프로그램을 봅니다. 오락 프로그램이든 드라마든 영화든, 시청 전에 무조건 하는 행위가 있어요. 바로, 한국어 자막 켜기입니다. 그래야 내 마음에 닿은 대사나 문장을 제대로, 잘 알아차릴 수가 있더라고요. 자세한 이야기는 이미 9강에서 전해드렸으니 이번 수업에서는 패스할게요!

3. 명언

아는 것만으로는 충분하지 않다. 적응해야만 한다. 의지만으로는 충분하지 않다. 실행해야만 한다.

- 괴테 -

성공의 8할은 일단 출석하는 것이다.

- 우디 알렌 -

> 나는 한 인간에 불과하지만, 오롯한 인간이다. 나는 모든 것을 할 수는 없지만, 무엇인가 할 수 있다. 그러므로 나는 내가 할 수 있는 것을 기꺼이 하겠다.
>
> \- 헬렌 켈러 -

한두 문장의 짧은 글이지만 강렬한 메시지를 전달합니다. 명언이 그렇죠. 특히 자기계발서나 자기 계발형 에세이를 읽을 때는 명언을 적잖이 발견합니다. 그렇다면 저자는 왜 명언을 쓸까요? 한두 줄의 명언에는 우리의 인생을 움직이게 하는 힘이 있기 때문입니다. 명언의 힘을 무시할 수 없는 이유죠. 저도 글을 쓸 때 명언을 데려옵니다. 무조건 데려오진 않고요, 지금 쓰는 글의 주제와 어울리는 명언을 가져옵니다. 내 글에 명언을 넣으려고 일부러 명언 집을 구매할 필요는 없습니다. 검색창에 '명언'이라고 치면 명언 정보가 나오는데요, 사랑, 인생, 공부, 성공, 친구 등 다양한 키워드에서 고르면 됩니다. 혹은 실행에 관한 명언이 궁금하다면, 검색창에 '실행 명언'이라고 입력해 보세요. 학우님의 글을 더욱 빛나게 해줄 명언이 기다리고 있을 거예요.

27강

마무리,
마음대로 하소서

'어떻게 하면 임팩트 있는 마무리를 할 수 있을까?'
'독자에게 여운을 남길 멘트는 뭐가 있을까?'
'뭔가 그럴듯한 멋진 문장으로 글을 끝내고 싶은데….'

라고 고민하는 분, 계신가요? 이렇게 고민하는 학우님을 위해 준비했습니다. 이 수업을 끝까지 들으면, 앞으로 에세이의 마지막이 덜 부담스러울 거예요.

에세이의 결론은 어떻게 쓰면 좋을까요? 독자의 시선을 끄는 서론도 중요하지만, 글을 마무리 짓는, 독자에게 여운을 남기는 마지막도 무척 중요하죠. 그래서 결론에 심혈을 기울이려는 분이 많아요. 지금 우리는 뭘 배우는 거죠? 에세이! 에세이 쓰기입니다. 자기계발서 쓰기가 아니에요. 만약 우리가 쓰려는 글이 자기계발서라면 마무리가 상당히 중요합니다. 반드시 임팩트 있는, 깨달음을 주는, 독자들에게 한 번 더 동기를 부여할 수 있는 말이 무조건 필요합니다. 자기계발서는 말 그대로 독자에게 '당신도 할 수 있어요!'라는 힘을 줘야 하니까요.

그런데 우리는 뭐라고요? 에세이 쓰기입니다. 다행스럽게도(?) 에세이는 마무리에 큰 힘을 들이지 않아도 돼요. 특히 '에세이 책을 준비하는 분'이라면 책에 들어갈 모든 에피소드에 지혜나 깨달음을 넣을 필요가 없습니다. 자기계발서가 아닌 이상은 결론에 힘을 빼셔도 좋아요. 반대로 생각해 보세요. 여러분이 에세이를 읽는 이유가 뭐죠? 대부분 편안한 마음으로 읽기 위해, 힐링하고 싶어서 등의 이유로 에세이를 고르지 않나요? 뭔가 배우려는 마음으로 에세이를 집어 들진 않을 거예요. 이겁니다! 그러니 글을 쓰는 입장에서도 굳이, 굳이! 글마다 힘을 줄 필요가 없다는 말이에요. 화가 나서 적은 글, 실망스러워서 적은 글, 창피해서 적은 글, 용서할 수 없어서 적은 글 등 글쓴이의 기분에 따라 에피소드가 펼쳐지겠죠. 다양한 감정이 담긴 에세이인 만큼 결론 역시 같을 수는 없습니다. 열받았으면 열받은 대로, 창피하면 창피한 대로, 지금 느낀 감정 그대로 끝맺음을 해도 좋다는 거예요.

가령 글쓴이가 어떤 실수를 했어요.

'그래, 다시는 그러지 말자! 라고 다짐했다.'

라고 끝내지 않아도 좋다는 말이에요. 그저, '아, 창피하다. 어디 쥐구멍이라도 있으면 당장에라도 숨고 싶은 심정이네….'라고 끝을 맺어도 누가 뭐라고 하지 않아요. 오히려 독자들은 '글쓴이도 나와 같은 마음이구나', '변명하지 않아서 솔직하고 인간적으로 느껴지네'라며 글쓴이를 되레 친근하게 여기지 않을까요? 때로는 솔직한 감정 상태에서 마지막 점을 찍는 편을 독자들이 훨씬 좋아할 거예요. 솔직하고 털털한, 빈틈이 좀 있어 보이는 저자의 모습에서 '찐팬'이 생기기도 하고요. 그러니 마무리에 스트레스받지 마시고 그냥 그대로~ 오른손으로 비비고, 왼손으로 비비는 비빔면처럼 자연스럽게 마무리하세요.

오늘 수업은 저에게도 엄청나게 필요한 내용이었어요. 글을 쓸 때 늘 마무리에 신경이 쓰이더라고요. 글쓴이인 제가 느낀 바가 크다면 교훈이든 반성이든 깨달음이든 지혜든 자연스럽게 글에 녹이면 되지만 그게 아니라면 어떻게 마무리를 지어야 할지 난감할 때가 있었습니다. 그런데 이제는 고민하지 않으려고요. 가방을 소파에 '툭' 내려놓듯이 키보드 위에 있는 내 손가락이 가는 대로~ 무심한 듯 시크하게 끝을 맺겠습니다.

[자율 과제] 오늘 쓸 에세이 한 편의 끝맺음을 학우님 '마음대로, 느끼는 대로' 적어보세요.

* 책에 노트한 내용을 사진 찍어 자신의 SNS에 올린 후, #에세이글쓰기수업 #이지니작가 #27강수업 #책추천 태그하시면 제가 직접 보겠습니다.

28강

글쓰기의 꽃 '고쳐쓰기'

초고는 걸레다.

“아무리 그래도 걸레라는 표현은 좀 심하지 않나요?” 아니요, 걸레뿐 아니라 쓰레기라고도 말하는걸요. 초고는 말 그대로 처음 쓴 글이잖아요. 내 머릿속에 있는 걸 그대로 활자화했으니 수정할 게 엄청나게 많지 않을까요? 저의 글쓰기 스타일은 일단 뱉고 보자, 이기 때문에 퇴고에 더욱 공을 들입니다. 퇴고할 때 주의해서 봐야 할 부분은 뭐가 있을까요?

- 나 혼자서만 외쳐대는 글은 아닌지 봐야겠죠.
- 맞춤법이나 띄어쓰기가 올바른지 봐야겠죠.
- 문장이 꼬여 있지는 않은지 봐야겠죠.
- 어려운 단어(전문 용어나 한자어)가 사방에 널려있진 않는지 봐야겠죠.
- 글의 흐름이 자연스러운지 봐야겠죠.
- 독자가 이해할 수 있는지 봐야겠죠.

“아이고, 퇴고할 때 주의해서 볼 게 와 이리도 많노, 나는 퇴고 안 하련다….”

라고 말하고 싶다면 마음을 조금만 열어주세요. 글쓰기는 재미를 붙이는 게 무엇보다 중요하고, 재미를 붙이기 위해서는 처음부터 맞춤법이나 띄어쓰기 등에 얽매일 필요는 없어요.

그러나 앞으로 더 나은 글을 바라고 원한다면, 퇴고는 필수입니다. 절대 모른 척 넘길 수 없죠. 그리고 그거 아세요? 퇴고에 맛 들이면 헤어 나올 수 없습니다. 문자 메시지나 티브이 프로그램 자막을 보면서도 틀린 글자를 찾고 있어요. 일종의 직업병이죠.

내가 스스로 퇴고를 잘했는지 점검하기 위해서 가장 먼저 할 일이 있습니다! 초고를 쓴 한글 파일에 바로 퇴고하지 마시고 같은 내용의 파일을 하나 더 만드세요. 파일을 복사하는 겁니다. 파일명은 다르게 하고요. 그 이유는 누가 내 글을 첨삭해 주는 게 아니라 나 스스로 잘했는지를 비교하기 위해서예요. 만약 하나의 파일에 초고를 쓰고 퇴고하면 내가 얼마나 수정했는지, 내 글이 얼마나 깔끔해졌는지를 제대로 알 수 없어요.

시간 간격을 두고 퇴고했나요? 묵힐수록 보입니다

글을 쓰자마자 바로 퇴고하지 않는 게 좋습니다. 신기하게도 적어도 반나절, 하루 이틀 글을 묵힌 후에 다시 글을 보면 그 글이 새롭게 보이거든요. 이 글, 정말 내가 쓴 게 맞아? 하는 것처럼 말이에요. 즉 자신의 글을 객관적으로 볼 수 있게 됩니다. 객관성이 늘어나면 글의 어색한 흐름이나 부족한 내용, 부적절한 단어, 오탈자 등이 눈에 훨씬 잘 띄죠.

소리 내어 읽어도 자연스럽나요?

눈으로 볼 때는 보이지 않던 어색한 부분이 소리 내어 읽으면 나타납니다. 읽다가 문장이 너무 길면 어디에서 잘라야 하는지, 반대로 너무 짧으면 몇 개의 문장을 이어야 할지, 쉼표는 어디에 놓아야 하는지 등이 보여요. 이 과정을 여러 번 반복하고 '이 정도면 괜찮네!'라고 생각이 들 때는 그만 고쳐도 됩니다. 퇴고는 끝이 없어요. 글쓴이가 비로소 만족했을 때, 이만하면 됐다, 싶을 때 완성입니다. 물론 돌아서면 고칠 게 눈에 또 보이겠지만요.

주제와 맞는 글인가요?

초고를 쓸 때는 생각나는 대로 다 쓰더라도 다음에 글을 고칠 때는 내용이 주제와 가까이 붙어있는지 확인해야 합니다. 가령, '시계 사용법'을 주제로 해놓고 시계가 만들어지는 과정까지 나열할 필요는 없죠. 글에 많은 이야기를 넣고 싶겠지만 그럴수록 독자는 당황할 테니까요. 하나의 주제를 깊이 밀고 가는 게 좋습니다. 하고자 하는 말(주제)을 잊지 말고 추가할 부분이 있으면 추가하고 굳이 필요 없는 내용이다 싶으면 과감히 삭제하는 거예요. 전체적인 글의 구성을 보면서 문장이나 문단의 위치를 바꿔 보면서 부분적으로 고쳐 나가는 게 좋습니다. 초고를 쓸 때 맨 앞에 둔 문단을 중간이나 맨 뒤에 놓았을 때 글이 더 재밌을 수 있거든요. (제가 잘하는 짓인데) 문단을 요리조리 옮겨서 소리 내어 읽어보세요. 같은 글인데 다르게 느껴질 거예요.

군더더기는 없나요?

가독성이 높아 술술 읽히는 글의 특징은 군더더기가 거의 없습니다. 단어를 보면서 '굳이'라는 생각이 들면 미련 없이 없애버리세요. 가장 쉬운 군더더기 제거는 뭐죠? 네, 맞아요. 진짜, 정말, 너무 등의 부사죠. 부사를 글에 넣지 말라는 말이 아닙니다. 필요하면 써야죠. 단, 이 문장 저 문장마다 쓰지는 말자, 입니다. 말 그대로 군더더기니까요. 여기서 실습을 안 할 수가 없네요.

실습 1 그는 약속 시간보다 약 20분 정도 지나서 도착했었다.

실습 2 나는 퇴고하기 위해 무려 한 시간 동안 글을 고쳤다.

실습 3 영화 〈타이타닉〉은 감동적인 것 같다.

위 세 문장의 군더더기를 제거해 보세요.

실습 1 수정 ....

....

....

실습 2 수정 ....

....

....

실습 3 수정 ....

....

....

실습 1의 군더더기 앞에 '약'이라는 말이 있으니 '정도'는 생략해도 좋겠죠. 그리고 '도착했다'라는 말이 이미 과거를 뜻하니까, 굳이 '었'을 쓰지 않아도 좋아요.

실습 2의 군더더기 '퇴고했다'와 '글을 고쳤다'는 동의어죠. 앞에는 한자어, 뒤에는 풀어 쓴 것뿐이니까요. 의외로 한 문장에 한자어와 풀어 쓴 글을 다 쓸 때가 있어요. 제가 그렇거든요. 하하. 하나만 골라서 쓰면 됩니다. 나는 퇴고만 한 시간이 걸렸다, 혹은 나는 한 시간 동안 글을 고쳤다. 이렇게요.

실습 3의 군더더기 '~인 것 같다'라는 말을 들을 때 어때요? 상대가 확신에 차서 말한 기분이 드나요, 아니면, 이도 저도 아닌 듯한가요? 저는 후자요. 방송에서도 "이 집 삼계탕이 정말 맛있는 것 같아요.", "여행하니까 기분이 좋은 것 같아요." 등의 말을 많이 하고, 또 들으실 텐데요. 이전까지 "~인 것 같아요."라고 말했다면, 이제는 "~(이)네요."라고 명확히 말해보세요. 글이든 말이든 확실한 표현이 좋아요.

맞춤법, 띄어쓰기 확인은요?

인터넷 검색창에 '맞춤법 검사기'라고 입력하면, 여러 사이트가 나옵니다. 그중 학우님이 원하는 사이트를 이용하면 돼요. 제가 하루에도 수십 번 들락거리는 홈페이지는 '국립국어원 표준국어대사전'이에요. 우리나라 출판사 대부분이 사용할 뿐만 아니라 예시도 잘 나와 있고, 반대말이나 비슷한 표현 등이 있어 글 쓸 때 유용하더라고요.

적절한 따옴표를 사용했나요?

1) 작은따옴표 ' '

강조하고 싶은 단어가 있을 때, 의미를 명확하게 하고 싶을 때, 속마음을 표현할 때 주로 사용합니다.

예시 1 '실패는 성공의 어머니이다'라는 말이 있다.

예시 2 세상에서 가장 재미있는 '글쓰기'를 어찌 외면할 수 있을까.

예시 3 '나도 당신을 좋아하는데….'라고 말하고 싶었지만, 꾹 참았다.

2) 홑화살괄호 〈 〉

영화, 방송, 프로그램, 음악 등의 제목을 적을 때 주로 사용합니다.

예시 1 일주일 전, tvN에서 방영한 〈벌거벗은 한국사〉를 봤다.

예시 2 가을이 되면, 가수 아이유의 〈밤편지〉라는 곡을 자주 듣는다.

3) 겹낫표 『 』· 겹화살괄호 《 》

책 제목을 적을 때 주로 사용합니다.

예시 책 『말 안 하면 노는 줄 알아요』에서 아래와 같은 문장을 발견했다.

블로그나 SNS 등에 글을 쓸 때는 부호 하나하나 일일이 신경 쓰지 않는다고 해도 책 출간이나 공모전 등을 준비할 때는 부호를 잘 지켜서 글을 쓰면 내 글을 심사하는 심사위원 입장에도 기분이 좋겠죠. 보기 좋은 떡이 먹기 좋다는 말이 괜히 나오진 않았을 테니 말이에요.

내 글 보여주기

가족이나 친구에게 학우님이 쓴 글을 보여주세요. 그들에게 피드백을 받아 보시길 바랍니다. "작가님! 무슨 농담을 그렇게 하세요. 우리 집 남편이요? 우리 집 딸이요? 글쓰기의 '글'도 몰라요. 호호호."라고 말하고 싶은가요? 아니요! 무조건 보여주세요. 학우님의 필력 향상에 도움이 됩니다. 가족들의 피드백을 무조건 따르라는 건 아니지만, 글을 쓴 나보다 글의 흐름이나 맞춤법, 띄어쓰기 등을 가족이나 지인들이 더 잘 발견할 수 있거든요. 다른 걸 다 떠나서 글이 재미있다, 재미없다! 누가 확실하게 말해줄 수 있겠어요? 가족입니다. 저 역시 책 준비나 칼럼, 공모전 등에 보낼 글은 무조건 남편한테 보여줘요. "오, 첫 문장부터 몰입감이 장난이 아닌데?" 혹은 "지금까지 쓴 글 중에서 제일 별로인데?"라는 말을 해줘요. 가끔 비수를 꽂는 솔직한 피드백에 정이 뚝뚝 떨어질 때가 있지만, 결과적으로는 내 글이 성장하는 길이더라고요. 술술 잘 읽히는 글은 퇴고에 달렸습니다. 위에서 말한 퇴고의 여러 방법을 반드시 활용해 보세요. 처음 쓴 글과 완전히 다른 글이 될 거예요. 꼭이요!

퇴고하기를 공부하기에 좋은 책 한 권을 추천할게요. 김정선 작가님이 쓴 『내 문장이 그렇게 이상한가요?』인데요, 십수 년 전에 중국어 번역 공부할 때 추천받았던 책인데, 번역은 물론 글쓰기에 도움을 많이 받았어요. 옆에 두고 틈날 때마다 아무 장이나 펴서 봐도 좋은 책입니다.

29강

'명확한 때'를 알려야 독자가 혼동하지 않아요

제가 쓰는 글 대부분은 블로그에 올립니다. 이삼일에 한 번이든, 일주일에 한 번이든 블로그에 글을 올려요. 블로그에 올리는 글은 최근 한 달 혹은 일주일 내, 어제나 오늘 겪었던 이야기인데요, 그래서인지 '어제 황당한 일을 겪었다', '한 달 전에 모르는 번호로 연락이 왔다', '지난겨울에 감기로 크게 고생했다' 등으로 구체적인 날짜를 쓰지 않을 때가 많아요. 구체적인 날짜를 적지 않아도 글을 읽는 분들이 크게 혼동하지 않죠. 어차피 블로그 포스팅을 한 시점을 기준으로 글을 썼다고 생각하면 되니까요.

그렇다면! 블로그가 아닌 책으로 나온다면요? 저는 블로그에 글을 써서 1년(?) 정도 이후에 어느 정도 쌓인 글 중 제가 정한 콘셉트에 맞는 글을 모아 목차를 구성합니다. 책으로 구성하면서 기존에 쓴 글을 다시 검토하죠. 블로그에 쓴 글을 그대로 복사해서 새 파일에 붙여넣기를 합니다. 혹시 부족한 부분은 없는지, 쓸데없는 말을 적진 않았는지, 재미가 있는지 등을 살피며 글을 다시 다듬어요. 이때! 반드시 확인하고 수정해야 할 사항이 있어요. 바로, 시간을 알리는 '때'입니다. 블로그는 그때마다 방문하는 분들이 보기에 크게 상관이 없다고 했죠. 더군다나 블로그에 기재한 날짜를 보면 언제, 어느 때에 일어난 일을 적은 건지 알 수 있고요. 하지만 책은 다릅니다. 블로그에서처럼 '지난겨울, 어제, 한 달 전에' 등과 같이 모호한 시간은 피하는 게 좋아요. 시시콜콜 구체적으로 적을 필요는 없지만, 필요에 따라서는 반드시 수정해야겠죠.

블로그 기재 당시 지난봄에 나는 ○○ 마라톤에 참가했다.

책으로 만들 때는 2020년 5월, 나는 ○○ 마라톤에 참가했다.

위처럼 '때'를 수정하면 독자님들이 글을 이해하기 쉽죠. 만약 책에도 블로그에 쓴 것처럼 글을 쓴다면, '지난봄이라면 올해를 말하는 거야? 작년을 말하는 거야?'라는 물음표가 머릿속에 떠올라 확실한 의미를 전달하기 어려울 거예요. 블로그에 쓴 글을 책으로 만들 때는 어떻게 하라고요? 블로그에 있는 글을 새로운 한글 파일에 붙여 넣은 다음, 여러 번 읽으면서 고쳐쓰기 하시고, 필요에 따라 '때'를 명확하게 쓰면 됩니다.

30강

국어사전을 아낌없이 사랑하라 : 모르면 바로 사전 찾기!

사람에게는 몸에 밴 습관이 있습니다. 양치하기, 아침에 일어나 공복에 물 한 잔 마시기 등의 너무나 자연스러운 일 말이죠. 어떤 일이든 체화되면 그 행위 자체가 귀찮다고 생각되지 않습니다. 머릿속에서는 '당연히' 해야 할 일이거든요. 제게도 여러 습관이 있지만, 그중 글쓰기와 연관된 습관은 메모하기와 사전 검색입니다. 메모 이야기는 그동안 제 책에 주야장천 등장했으니 거두고, 이번에는 후자 이야기를 좀 해볼까 해요. 학우님, 평소에 사전 검색을 얼마나 자주 하나요? 맞춤법과 띄어쓰기 때문에 자신의 글을 SNS에 발행하는 게 꺼려진다고 하는 분을 종종 봤어요. 이 글을 읽고 계신 학우님도 그런가요?

제발, 절대! 맞춤법과 띄어쓰기 때문에 스트레스받지 마세요.
그냥! 그때그때 사전 앱을 열어 검색하세요!

앞에서 습관 이야기를 잠깐 했는데, 사전 검색이 몸에 배면 검색하는 행위를 즐기는(?) 경지까지 이르게 될 거예요. 하도 많이 검색해서 횟수를 세진 않았지만, 저는 하루에 사전 앱을 무지하게 자주 열어요. 긴 글을 발행하는 블로그나 브런치는 당연하고, 짧은 글이 올라가는 인스타그램 피드를 올리기 전에도 사전 열기는 필수입니다. 제가 스마트폰에서 사용하는 사전은 '국립국어원 표준국어대사전'이에요. 앱이 있어서 내려받아도 되고, 저처럼 홈페이지를 즐겨찾기(북마크)에 넣어도 좋아요. 글 발행 전은 물론 글을 쓸 때도 궁금한 게 있으면 바로바로 열어서 검색해요. 티브이를 보다가도 자막에서 띄어쓰기나 맞춤법이 이상하다(?) 싶으면 사전을 검색합니다. 언제부터인지는 모르지만 검색하는 행위가 좋아요. 검색창에 단어를 넣으면 해당 단어의 의미 외에도 유의어, 반의어, 예시 등이 나와요. 내가 쓴 글에 어떻게 적용하면 좋을지 참고할 수 있어서 좋더라고요. 사전 열기, 이보다 더 좋은 습관은 없습니다. 학우님도 꼭! 체화하길 바라요.

[실행하기] 스마트폰에 사전이 없다면, 지금! 국어사전 앱을 내려받거나, 저처럼 즐겨찾기(북마크)에 넣어주세요. SNS에 글을 발행하기 전, 티브이를 볼 때, 평상시에 어떤 단어나 표현의 정확한 뜻이 궁금할 때 언제든지 검색하는 습관을 들여 보세요.

3

에세이 글쓰기 실전

배운 내용을 토대로
누가 읽어도 술술 읽히는
재밌는 글을 써 보세요!
(분량 A4 1장 이내)

주제 1 내가 가장 빛날 때

스스로가 '빛날 때'는 언제인가요? 거창하지 않아도 좋습니다. 학우님이 가진 장점 덕분에 스스로 대견하다고 여긴 적이요. 처음 가는 길도 내비게이션을 보면서 척척 잘 찾아가는, 내 손만 닿았다 하면 요리든 그림이든 만들기든 작품이 되는, 타인의 고민을 묵묵히 잘 들어주는 마음을 가진, 포기가 빠를지언정 누구보다 실행 하나는 끝장나는…. 남들 눈에는 별것 아닐지라도 스스로 빛이 난다고 생각하는 일이 있다면 전해 주세요.

* 책에 노트한 내용을 사진 찍어 자신의 SNS에 올린 후, #에세이글쓰기수업 #이지니작가 #내가가장빛날때 #책추천 태그하시면 제가 직접 보겠습니다.

주제 2 나만의 힐링 장소는?

기분이 축 가라앉아 아무것도 하고 싶지 않은 나, 그러나 나사 빠진 몸을 이끌고 '그곳'에 가면 어느새 기운이 샘솟는 나! 상황과 처지는 변한 게 없는데, 유독 이곳만 가면 희한하게 마음이 평안해지는! 학우님에게 그런 장소는 어디인가요?

* 책에 노트한 내용을 사진 찍어 자신의 SNS에 올린 후, #에세이글쓰기수업 #이지니작가 #나만의힐링장소는? #책추천 태그하시면 제가 직접 보겠습니다.

주제 3 내 취향을 소개합니다

내가 좋아하는 것들에는 뭐가 있을까?

음식, 장소, 영화, 옷 스타일, 색깔, 동물, 사물, 성향, 성격, 가치관, 책…. 이렇듯 취향에는 수많은 키워드가 존재합니다. 포괄적으로 적어도 좋고, 어느 한 키워드만 골라서 깊이 있게 써도 좋습니다. '나는 이걸 왜 좋아하지?, 유독 좋아하는 이유가 내 성격과 닮아서일까?' 학우님의 취향을 생각하며 적다 보면 자신을 좀 더 알게 되고 사랑하게 될 거예요.

* 책에 노트한 내용을 사진 찍어 자신의 SNS에 올린 후, #에세이글쓰기수업 #이지니작가 #내취향을소개합니다 #책추천 태그하시면 제가 직접 보겠습니다.

주제 4 보고 싶은 사람아

시간이 흐를수록 '그(그녀)'에 대한 기억이 흐릿해지기는커녕 더욱 또렷해진다면, 그 이유는 왜일까요? '보고 싶다'로 두지 말고, 보고 싶은 이유, 그리운 이유를 구체적으로 떠올리며 글을 써 봐요.

* 책에 노트한 내용을 사진 찍어 자신의 SNS에 올린 후, #에세이글쓰기수업 #이지니작가 #보고싶은사람아 #책추천 태그하시면 제가 직접 보겠습니다.

주제 5 이제는 용서하려 해

단지 글로 토해내기만 했는데, 내 상황과 처지는 변한 게 하나 없는데 괜스레 상대가 용서되고, 상대가 나한테 그런 행동이나 말을 할 수밖에 없었던 상황이 조금은 이해가 되기도 한 경험, 있나요? 당시에는 '당신'을 떠올리기만 해도 화가 치밀어올랐는데, 시간이 약이란 말처럼 이제는 덤덤해지기까지 한 그 이야기를 전해주세요.

* 책에 노트한 내용을 사진 찍어 자신의 SNS에 올린 후, #에세이글쓰기수업 #이지니작가 #이제는용서하려해 #책추천 태그하시면 제가 직접 보겠습니다.

주제 6 내가 가장 듣고 싶은 말

요즘, 학우님이 가장 듣고 싶은 말이 뭔가요? 상대가 나한테 이렇게 말해주면, 구름 위를 걸은 듯 마음이 포근하겠다, 따듯하겠다, 행복하겠다, 힘든 일이 있어도 견뎌낼 힘이 생기겠다, 하는 말이요. 혹 이미 누군가한테 들었다면 그 이야기를 전해 주세요.

* 책에 노트한 내용을 사진 찍어 자신의 SNS에 올린 후, #에세이글쓰기수업 #이지니작가 #내가가장듣고싶은말 #책추천 태그하시면 제가 직접 보겠습니다.

주제 7 나에게 쓰는 편지 (과거 or 현재 or 미래의 나)

자신과 소통하는 방법 중 글쓰기를 빼놓을 수 없죠. 그중에서도 나에게 편지쓰기는 최고의 소통 창구입니다. 과거의 내게 써도 좋고, 현재의 내게 써도 좋고, 미래의 나에게 써도 좋아요. 중요한 건, 타인이 아닌 나에게 편지를 써야 해요. '편지'라는 장르는 어릴 때부터 줄곧 써서 생소하진 않겠지만, 나 자신에게 쓴 경험은 아마 없을 거예요. 내게 편지를 쓰다가 눈물이 날 수도 있고, 오글거릴 수도 있습니다. 하지만 절대로 펜을 놓지 마세요.

* 책에 노트한 내용을 사진 찍어 자신의 SNS에 올린 후, #에세이글쓰기수업 #이지니작가 #나에게쓰는편지 #책추천 태그하시면 제가 직접 보겠습니다.

주제 8 최근에 꽂힌 말

최근에 꽂힌 키워드나 어떤 말이 있나요? 2024년, 제가 꽂힌 키워드는 '인내'입니다. 그리고 꽂힌 말은 '부모는 자식의 거울이다'예요. 만 1세와 만 3세를 키우면서 느끼는 게 있어요. 내가 아니라 아이들이 나를 가르치는구나. 아이들의 거울인 나에게서 매번 '욱'이라는 감정이 용솟음친다면, 아이들이 바르게 자랄 수 없겠죠. (지금도 반성 중) 그렇다면, 학우님이 최근에 꽂힌 말은 어떤 게 있나요? 수많은 말 중에 하필 왜 '그 말'이 마음에 와닿았나요?

* 책에 노트한 내용을 사진 찍어 자신의 SNS에 올린 후, #에세이글쓰기수업 #이지니작가 #최근에꽂힌말 #책추천 태그하시면 제가 직접 보겠습니다.

주제 9 돌아가고 싶은 '그때'

타임머신이 있다면 한 번쯤은 과거로 돌아가고 싶지 않나요? 저는 잠들기 전에 눈을 감으면, 그렇게나 과거의 장면 장면이 머릿속을 스치더라고요. 어떤 생각에는 입가에 미소를 띠기도 하고, 또 어떤 생각에는 눈시울이 붉어지기도 하고요. 만약에 말이에요, 딱 한 번의 기회로 타임머신을 타고 과거로 돌아갈 수 있다면, 학우님은 어느 때로 돌아가고 싶어요? 왜 그때로 돌아가고 싶은지 궁금해요.

* 책에 노트한 내용을 사진 찍어 자신의 SNS에 올린 후, #에세이글쓰기수업 #이지니작가 #돌아가고싶은그때 #책추천 태그하시면 제가 직접 보겠습니다.

주제 10 잊을 수 없는 스승

선생은 학생을 가르치는 사람이고, 스승은 누군가를 가르쳐서 인도하는 사람이라고 합니다. 그렇다면, 학우님의 잊을 수 없는 스승은 누구인가요? 나보다 나이가 많든 적든 상관없습니다. 스승의 도움으로 한 단계 성장하고, 몰랐던 걸 깨닫고, 삶의 지혜를 얻어 성장했다면 그 이야기를 전해 주세요.

* 책에 노트한 내용을 사진 찍어 자신의 SNS에 올린 후, #에세이글쓰기수업 #이지니작가 #잊을수없는스승 #책추천 태그하시면 제가 직접 보겠습니다.

〈에세이 글쓰기 수업〉을 진행해 준 이지니 작가님께

가벼운 마음으로 첫 수업을 들으러 갔습니다. '어떻게 하면 아이가 글쓰기에 흥미를 느끼게 할까?'가 저의 목적이었으니까요. 그래서 〈에세이 글쓰기 수업〉이지만 간단한 글쓰기 강의 정도로만 생각했습니다. 그런데 제 생각이 벗어난 것이 뜻밖의 선물처럼 여겨졌습니다. 작년에 도서관의 비대면 프로그램으로 여러 회기에 걸쳐서 글쓰기 강사님들의 강의를 들었는데요, 그때도 분명 강의에 대한 만족도는 높았습니다. 그런데 막상 이지니 작가님과의 대면 강의를 접하다 보니, 비대면 강의는 아무래도 결이 다를 수밖에 없다는 것을 느끼게 되네요. 그래서 작가님과의 대면 강의가 더 소중하게 다가왔습니다.

글쓰기 과제를 내주시고 수강생들에게 자신이 쓴 글을 직접 낭독하게 하시니, 다른 분들의 글을 귀로 듣는 재미가 쏠쏠했습니다. 같은 주제에 어쩌면 이렇게 다른 글들이 쏟아질까 싶어 신기하기까지 했습니다. 세 번째 수업에서 일대일로 퇴고도 해주시고 부족한 부분을 콕 집어 가르쳐주시니 실질적으로 큰 도움이 됐습니다. 전에 들은 도서관 글쓰기 강의가 개론이나 교양이라면 작가님 강의는 전공 같은 느낌이랄까요?

글이란 참 묘하다는 생각이 들었습니다. 과제를 하다 보니 과거가 자꾸 저를 초대하더군요. 저도 잊고 있어서 켜켜이 먼지가 쌓여 있었던 기억의 저편에서 손짓하는 기분이요. 하지만 기억이 왜곡되는 탓일까요? 아니면 지나간 것은 아쉬워서일까요? 조심스레 먼지를 쓸어내면서 드러나는 기억의 조각들이 소중하고 아름답게만 보였습니다. 분명 안 좋은 기억도 많았을 텐데 말입니다.

첫 과제는 처음 써보는 에세이라서인지 꽤 재미있고 신선했습니다. 두 번째는 코로나 이후라서 인지 당장에 기억나는 것들이 없어서 부담스러웠고요. 세 번째는 다른 분들의 글을 접하면 접할수록, 초보인 저는 접근하기가 점점 어려워지는 마음이었습니다. 쓰면 쓸수록 진솔하게 쓰고 있다고 생각하는데도, '이것도 나의 페르소나인가?'라는 잡히지 않는 괴리감이 들었습니다.

무언지는 잘 모르겠지만 굳이 표현한다면, 뭔가 자연스러움이 빠진 인위적인 느낌이랄까요? 그래도 제일 기억에 남는 시간이 될 것 같습니다. 마음이 가고, 재미있고, 기대되고, 기다려지는 시간이었습니다. 작가님의 "자신의 상황이나 목적에 따라 '통 필사' 혹은 '부분 필사'를 하세요"라는 조언을 실천하기도 했습니다. 아이에게 시를 필사하게 하기도 했습니다. 살다가 삶이 힘들다고 말할 때, 필사가 중요하다는 이지니 작가님의 강의가 인생의 나침반이 되어 어려운 일이 있어도 잘 견뎌내게 하고 마음을 잘 무르익도록 해줄 것만 같습니다.

작가님의 인상은 예쁜 하얀 풀꽃 같고 그 꽃에선 잔잔하고 은은한 향이 나는 듯합니다. 그런데 강의는 야무지고 단단한 힘이 느껴집니다. 인용하는 글들도 다 인상적이어서 작가님이 언급한 책들은 시간이 나면 다시 읽어 볼 예정입니다.

최근에 이도우 작가님의 『밤은 이야기하기 좋은 시간이니까요』를 읽었는데요, 그 안에서 등나무꽃의 꽃말이 "어서 오세요, 아름다운 나그네여"라는 글을 접하고는 어쩐지 저희 만남 같다는 생각이 들었습니다. 작가님과의 짧은 봄 같은 만남이 아쉬움만 남기네요. 작가님이 앞으로 쓰시고자 하시는 책은 어떤 책일까요?

부디 어떤 책이든지 출간하시는 책마다 날개 돋친 듯 팔리고, 무명작가가 아닌 유명 작가가 되시기를 바랍니다. 최근에 어느 베스트셀러 작가님의 강의를 들었는데요. 너무 지쳐서 기대 없이 쓴 작품이었는데 큰 인기를 얻게 되었다네요. 그러다 보니 기존의 작품들도 재조명되는 영광까지 얻게 되었답니다. 작가님에게도 그런 행운이 따르기를 소망할게요. 어디서나 작가님의 이름을 오래오래 들었으면 합니다. 만나서 반가웠습니다. 마무리 인사로 작가님께『체로키 인디언의 축원 기도』를 바칩니다.

하늘의 따뜻한 바람이
그대 집 위에 부드럽게 일기를.
위대한 신이 그 집을
찾는 모든 이들을 축복하기를.
그대의 신발이
눈 위에 여기저기 행복한
흔적을 남기기를,
그리고 그대 어깨 위에
늘 무지개가 뜨기를.

- 2022년 5월

* 2022년 봄, 제가 진행하는 글쓰기 수업에 참여한 한 학우님에게 받은 편지입니다

에세이 글쓰기 수업

글쓰기 동기부여, 이론 및 실습을 한 권에 담았다

1판 1쇄 인쇄 2024년 5월 2일

1판 1쇄 발행 2024년 5월 9일

지 은 이 이지니

펴 낸 곳 세나북스

펴 낸 이 최수진

출판등록 2015년 2월 10일 제300-2015-10호

주 소 서울시 종로구 통일로 18길 9

블 로 그 http://blog.naver.com/banny74

이 메 일 banny74@naver.com

전 화 02-737-6290

팩 스 02-6442-5438

I S B N 979-11-93614-04-4 03800

잘못 만들어진 책은 구입하신 서점에서 교환해드립니다.

정가는 뒤표지에 쓰여 있습니다.